食之味

黄宝莲　著

江苏凤凰文艺出版社
JIANGSU PHOENIX LITERATURE AND ART PUBLISHING, LTD

目录

前言

有回遇见一个刚学会一点中文的瑞典人，交谈几句之后，他就得意地问："你说我的汉语怎么样呢？"

"几粒芝麻而已！"我说。

"那你的英文又怎么样？"

"一大碗米饭吧！"我说笑道。

那一次的谈话，果然是一碗米饭里点缀着粒粒芝麻，一路谈到饺子包子，终结于皮蛋豆腐。

食物从很早以前便在我的语言和感官里昭示它们的意义。五岁的年纪，瞧见母亲从厨房端上来一碗热腾腾的贡丸汤，我趴在餐桌边大口大口吞咽口水，眼睛骨碌碌瞪着碗里的贡丸，重复着说："我的眼睛好大！我的眼睛好大！"心里想吃，嘴巴不敢直说，父亲还没上餐桌，晚饭还没开始，但我的眼睛、脑袋、肠胃都在呼唤贡丸！希望母亲明白我的心意！

她当然知道我嘴馋！也知道我不敢动手，胆大的孩子，肯定一声不响地拿了就吃，吃了还装没事。但我听话又规矩，只好用想象力去满足贪婪的肠胃，脑袋经由食物的诱惑而开窍，长大之后，人生里诸多欢乐，果然也都得自食物之恩赐。

普力斯特利（J.B.Priestly 1894–1984，英国作家、剧作家）说："我们规划人生，吃喝拉撒；我们受苦受难，所为何来？受众人仰望崇拜？舞台上的赫赫声名？一个亚洲帝国？一趟月球之旅？不！不！不！我所要的只是在早晨醒来，适时闻到咖啡、腌肉与鸡蛋香！"

作为一个在书桌与餐桌之间消磨时日的写作人，有时，我说"我的菜比文字好"，意思是菜可能不好，文字更不堪；或者厚颜鲜耻，就说文字可以，但菜比文字可口。

这里的书写，本意是文学，以食物为主角，描绘的是生活。我这样过日子的人，东泊西荡，弄出一个无法归类的"四不像"肠胃，说好听点叫 hybrid、fusion，其实是混种杂烩。

英国学者魏乃杰（Nigel Wiseman）1981 年从伦敦来到台湾专学两件事：烹饪与中医，结果两样都成了专家。两人睽违二十多年后在伦敦重逢，几顿餐饭之后，他说一句：“你已经成为一个好厨子！”

不知是喜是悲？为了安慰自己的一事无成，二十五年来起码没有辜负自己的肠胃，是以成书。

第一章　食米族类

食米族类

你还没吃够米饭？

怎能？我怎能把米饭吃够？那是从生到死不离不弃的活命根本，这就像问一个人：你还没把空气吸够？还没把钱花够？

有些事天经地义，至少，二十多年前白米饭对我的意义就是如此。亚洲热带出生的食米人种。

我在马可家，马可是当年男友，出身在教养良好的犹太家庭，那里是美国东岸富裕的高尚住宅区，居住的人家都以懂得吃中国菜为时尚，有些人家里还收藏着中国文物字画，或者，起码都在博物馆里看过一些相关的展览。他们跟中国人的交往，多半止于礼仪社交层面，而马可居然从台湾带回来一个非犹太族裔的黄种女子，在那矜持保守的白人住宅区，引起了小小的骚动。他们对中国菜好奇，也都想见识一下我这个能做麻婆豆腐、宫保鸡丁、鱼香茄子的东方女子。他们还想让我去鉴定鉴定家里收藏着的字画，要我解释丰子恺画里的诗句或花瓶上的汉字是什么意思，那些瓷器是什么年代的，还有康熙乾隆那些人像到底是什么人的祖宗等等。好像我是一个活着的中国文物字典，谁都想从我这里见证一下地道的中国。

他们也都觉得豆腐很神奇，而且似乎必须懂得豆腐，才能真正领会中国菜的奥秘与精髓。所谓 subtle，那是他们的说法，抽象、纯粹、淡远、清醇等等如禅公案，吃豆腐就像品尝俄国鱼子酱、法国鹅肝那样，豆腐是中国食物里的精神代表，文化承传。

我于是成了克理福兰小镇的上宾，每逢周末都有人家开着车来接我带他们去中国城采购，然后去他们的厨房示范中国菜的烹饪，他们都认真学习观看，不敢随便插手、动口，而且都小心随侍在侧，供我任意使唤。我也总把厨房搞得鸡飞狗跳，让大家看得目瞪口呆，慌得手忙脚乱，然后吃得开心得意；饭后再观赏他们的宝贝，说些我自己都不确定的话语，好些草书隶篆我读不懂，更多的图章签名宛如天书。

那些日子我过足了厨师瘾，俨然文物通，天天都吃中国米饭。

一个月后的某顿晚餐，马可的父亲面对餐桌闷声不响，憋着唇苦着脸，一点没有要举筷进食的意愿。忍了好久，他终于长叹一声：O—E—Vei—（古意底绪语：我的天啊），他终于说：“我吃够中国米饭了！”这才恍然大悟：不是每个人都像我这样有一副米饭肠胃。马可的爸爸抗议：他不要吃太多淀粉，胆固醇会升高，好像餐餐给他大碗米饭那是刑罚，惩戒犯人的过错。

这是饮食观念的启蒙。我自此意识到大碗大碗吃米饭的粗陋——所谓饭桶。

这才逐渐学会了精巧细致，主食是鱼肉，米食、土豆只是伴吃副品。台湾早期以农为本，大部分的人口是劳动人民，每天一早就要吃饱肚子出门去干活，菜不过是为了下饭。

马可妈妈私下问我：“你在台湾这么久都没吃够米饭吗？”

没等我回答，她就告白：其实，米饭加中国菜是无与伦比的绝配，世界上没有任何食物可以如此可口而且百吃不厌，是她完全无法抵挡的诱惑。

原来，马可的妈妈是个地道的中国菜迷，大学时代还是佼佼校花，马可父亲为了追她，投其所好天天请她吃中国菜；追到手之后，美丽窈窕的校花已经不再窈窕，结婚之后，变圆又变胖。自此，寻遍中西名医，尝试瑜珈、针灸、节食、运动等各种减肥法，终归无法还原过去的美好身材。

胖有什么灾难？满柜子都是华丽诱人却无法穿上身的漂亮衣服：丝的、镂花的、镶珠的、手工刺绣的……总之，舍不得丢掉又没机会穿，也不肯死心，总以为自己很快会瘦回来。这样，就过了二十年，儿女都已经长大成人结婚生子，才把那些珍藏数十年的宝贝衣服都给了孙女和媳妇，给不掉的才送去救世军二手店。

那些衣服，就如此叫人失魂落魄。衣服不死，留着女人一生的青春与华丽的梦想，它们都有魂魄。衣服跟女人似有这样的契约，不只是穿它，还爱它，恋它，难舍难弃，最后只能在衣服里悼祭青春容颜。衣服是女人一生的美丽倩影。

世事难料，二十多年后，我已经不再天天吃米饭和中国菜。大米、小米、荞麦、燕麦、煎饼、烙饼、土豆、面条、比萨……无所不吃。幼时家里米缸大得可以当澡缸，缸肚贴着一个写着“满”字的红纸，空着的时候，可以躲进去玩捉迷藏。现在已经没有米缸，超级市场米一小包一小包地，袖珍地卖，两公斤糙米两个人一个月未必吃得完。中国超市里大包大包二十磅装的白米，给人如此亲切温暖而富足的感觉。

反而是一包小小的米有了各式各样吃法，也吃过各式各样的米。美国北方人本来不吃米，北美干冷也不适合播种稻米，一般人看到大包大包的米，既不敢信任它的质量，也不知道它的吃法，都习惯包装整齐的各类食品，上面清楚地注明出处、产地、来源、成分、保存方法与烹煮方式。

结果，出现了一个聪明的“Uncle Ben”（食品连锁企业公司），把米小磅小磅地包装，算好养分、卡路里，告诉你一包米四人份，用四杯清水大火煮滚后，细火慢煮十五分钟，盖住焖熟后拌着各式菜肴一起食用。

电视广告上大肆推销“Uncle Ben’s rice”，广告词特别强调班叔叔的米饭粒粒分明、会弹能跳。所有吃惯蓬莱米或日本锦米的东方族类，一吃班叔叔大米就明白那独立自主、能弹会跳的米粒跟中国肠胃之格格不入，既干硬乏味又没有嚼劲，自然也无所谓饭香。你绝对无法用那种米熬出粥来，因为那种米久煮不烂，那也正是他们所认为的优点，我们所嫌弃的缺点。有如与西方人论辩《龙门客栈》与《卧虎藏龙》，他们热爱李安胜过胡金铨，因为从没机会认识真正的“武侠”，李安却合了他们胃口，抓住他们的心。

仅管如此，“Uncle Ben”改变了北美人的饮食习惯，让人们接受了米类食品，而且进一步推出调好味道的各种盒装米，只要加点油和水，将米倒进锅里煮熟就是香喷喷的一道佳肴，比炒饭方便省事，味道也有多种选择，米食种类也逐渐增加，班叔叔米饭是以长期在市场上屹立不衰。

印度、巴基斯坦特产的香米巴斯马蒂（basmati），馨香细致，是米类中的小家碧玉。习惯了蓬莱米口感，初始会觉得巴斯马蒂干硬内敛，像个倔强硬颈的小不点。在买不到蓬莱米的城市住过一些时日之后，不知不觉爱上了巴斯马蒂，它暗自攻陷我的肠胃，使我对蓬莱米的黏稠香糯，生出过度甜腻之感。

这香米袖珍，带劲，咀嚼后粒粒芳香，与咖哩、酸奶酪是绝配。味道与蓬莱米之黏弹糯软非常不同，口味也各异。如果用女人来比喻，蓬莱米就是白白嫩嫩娇生惯养，香米练达世故耐人寻味。

以核桃、蒜蓉、香菜、盐、胡椒拌优格，配香米吃，很原始自然，单纯又不单调，大概像纳博科夫小说里的少女洛丽塔吧！纯洁里含着无邪的挑逗！

印度人用藏红花心（saffron）煮香米。saffron 是由花蕊里采集而来的纤细花丝晒干而制成的香料，一百五十朵藏红花蕊才制成一克 saffron，可说是一种淫荡的香料，磨成粉后顿失操守，轻易就能跟任何食物勾搭，但又是香料里的黄金。伦敦一般杂货店里有卖（可见印巴移民之多，saffron 之必要），用比火柴盒更小的盒子，盛稀疏一撮，一盎司要价四英镑，两次就用完。那香气飘渺悠远，如一缕勾魂的幽香，伴随神秘的诱惑与想象，煮出来的米饭除颜色澄黄之外，还散发着蛊惑人的异香。

野米是细细长长坚硬有劲的棕黑色米柱子，原本不是米类，又称菰米，分布在北美与印地安人居住区，中国大西北也有，稀少而珍贵，一般与其他谷麦类混合同煮。市面上出售的大多是人工栽种品种，煮熟后迸裂对开，香气十足，用橄榄油、醋、盐、胡椒、核桃、意大利香菜、红椒粒（或西红柿粒）与切块或捏碎的菲达奶酪拌成色拉，美洲欧洲都普及；以核桃代替腰果，以煎香鸡块代替奶酪，撒点杏仁片，这是英国厨神奈姬拉的食谱，带着印度风味。

加了绿豆煮的红米与印度的小扁豆（lentil）一样香稠有味。小扁豆是美食者的新欢，有绿、棕、橙三种颜色，圆圆扁扁非常可爱，在印度与意大利本是日常食品，加洋葱、红萝卜、芹菜熬成浓汤，是快餐店常见的汤饮。它比绿豆细稠，也没有绿豆壳的渣滓之感，与米饭同煮，综合起来的质感与豆香，就像米饭里加了豆腐又比豆香浓艳。素食者以洋葱、草菇、红萝卜炒香之后，加一片桂叶煮扁豆米饭，比炒饭清淡，味道也爽口芳香。

Couscous 属于中东食品，很适合亚洲的气候与口味。模样、味道有几分似小米，但烹煮更简便，开水煮开后盖着闷几分钟，稍凉后用叉子挑松，跟任何炖菜肉汁都搭配。它带点稠劲，但又不黏腻，容易纠集成型，意大利餐馆里经常是把它放在一个小容器里，倒扣出来一个完整好看的杯型叫波伦塔（polenta），也可切片煎或炸。

中东、南美地区的吃法大多是用橄榄油、柠檬汁、盐巴、碎洋葱、西红柿粒加很多香菜或薄荷叶与甜脆的青辣椒粒调拌而成，郊游野餐带上，作学校便当都方便。纽约、伦敦超市里有现成盒装，与米饭色拉、寿司、凉面一起在熟食部卖，足够与面包三明治相抗衡。

紫红色的黑糯米有诡异暧昧的颜色，含铁质，营养丰富，滋补气血，具有特别的米香，如熟女气息。一粒粒带着爆发力似的，咬了就能感受到米震动在齿间，轻轻激荡起欢喜，煮熟了加糖、椰浆与切片的鲜芒果一起吃，真有热带浓烈的情调，是一年四季都合宜的养生泰式甜点。夏天吃凉的，冬天吃热的，风味各异。苏州农民管它叫血糯米，与莲子同煮加冰糖撒上桂花，做甜食。

意大利人的奶酪米饭（risotto），可以加青蚵、墨鱼、虾子、蛤蜊，也可以配野菇。做这米饭需要耐心，因为做的时候需要不断搅拌，最好是跟自己心爱的伴侣或三姑六婆在炉子边，絮絮叨叨，不知不觉饭香飘然而至，大功告成，然后一起分享这热闹鲜艳、多汁多彩的海鲜锅饭。一个人煮一个人吃太费周章。有些菜真是喜欢热闹，有些菜就是孤僻。比如韩国泡菜，尖酸刻薄，就得一个人失恋的时候窝在角落里，和着眼泪一起咀嚼吞咽其辛辣之味。

毕加索、海明威都喜欢这道米饭。海明威在西班牙的日子，经常用它当宴客食谱。中国米饭其实也可以如此炮制，偷懒的方法是炒个洋葱加几粒西红柿，煮稠后放入剩饭与海鲜，加入帕玛森奶酪粉搅拌后盖起锅子，小火焖个六七分钟，调味后起锅加罗勒或香芹点缀，不比意大利式米逊色。

希腊酸米汤虽然口味独特但并不易讨好。初次在纽约联合国附近的希腊餐馆喝这种酸米蛋汤，觉得单调乏味，几次之后才尝出柠檬酸溶进米饭与蛋汁所形成的特殊风味。这是非得细心宽容，否则便会错失的一道汤饮，余味无穷。至于米布丁这种从南欧风行到北欧的甜食，它不够细致，又容易饱涨，想做得好还需要慢工细活，恐怕只有吃着它长大的人才能对它情有独钟。

欧洲在历史上主要是以小麦为主要农作物，一直到马铃薯传入才有所改变。美洲人过去从未见识过小麦，墨西哥人主食是玉米。拜全球化之赐，现代人的餐桌上大米、小米、扁豆、荞麦、面条、烙饼样样俱全，我们的胃从未有过如此丰饶的选择。

第二章　肠胃走私

肠胃走私

到了这个地步，所谓“地道”在这样的时代，已经有了文化上的吊诡，这件事在一道鱼香茄子上产生了争论。

事情发生在 1987 年，纽约中国城当时热门的四川馆“小杭公”做了一道鱼香茄子，这馆子获《纽约时报》饮食评论推荐，雪天仍有很长队伍等在门外轮候座位。

那一群来自台湾的画家，在进出大都会博物馆之后，齐齐来到中国城，在世界艺术的心灵震撼之后，回到基本的肠胃温饱，以敏锐的舌尖辨认鱼香茄子里缺少了咸鱼之臭，不够地道，以及挑剔中国菜在西方市场上之媚俗与失守。

大前提是当年我并不知晓地道的鱼香茄子应该有怎样的口味。只要有葱姜蒜、辣椒、麻油、糖、酒、醋、酱油、肉末一起，将炸过的茄子炒得油滋晶亮，入口即化，再有舒服干净的桌椅，亲切周到的服务，我便心满意足。

那些执着于地道口味的艺术家们，大概有点同情我这么是非不辨的混沌肠胃，就找了家当地朋友推荐的所谓正宗广东餐馆，让我见识一下用咸鱼入味的鱼香茄子。

在吃过满锅肥辣的九转肠旺与咸腥的鱼香茄子之后，我就无意坚持所谓的地道不地道了，加了咸鱼带有腥臭异味的茄子，并没有因为“地道”而让我觉得加倍美味。肠胃经过这些年来的飘泊，已经能容纳来自四海八方的食物，味蕾没有什么不可替代的记忆或乡情，也无法参照比较，已经习惯了不加咸鱼的鱼香茄子。如同在台湾的比萨饼里放菠萝火腿，这样带着殖民味道的后殖民口味，如此得大众喜欢，是不是地道本味的比萨反倒没有人在意，意大利人大概只能惊叹我们的创意。

荷兰人米歇尔说，无法明白他的中国妻子所抱怨的西方芹菜之粗糙乏味，而中国芹菜如何香浓有味。米歇尔从小吃粗糙的芹菜长大，习惯它的生脆多汁，对他来说中国芹菜虽然香，但干瘦多筋，简直难以下咽。

这与有机、非有机的争吵类似：有人坚持有机果蔬味道比较香。那些从来没有吃过天然无机栽培果蔬的人，哪里明白食物原本真正的味道？一旦习惯那些乏味的芹菜，认同那样的口味，根深蒂固的主观味觉就没有什么地道原味可参照的了！自己种过西红柿的人一定知道西红柿真正的甜美，不是一般用化学药物让其在运输与储存过程中逐渐变红的西红柿所可比拟。但这道理必须等到一个人自己种了西红柿才能体会。

又比如过去也曾坚持炒空心菜必须用蒜头，也没什么一定道理，就是从小到大习惯使然。直到见到香港友人季慈因为已经用了蒜头炒白菜，为了变化口味就用姜丝炒菠菜，那时讶异怎能用姜炒菠菜？这就像用胡椒调咖啡一样不合情理。

季慈一点都不觉得打破约定俗成的做菜习惯有什么不得了的，结果菠菜炒姜的确是令人口味一新，那就像一直习惯吃奶油面包的人，忽然给他换了花生酱所带来的意外与惊喜。

季慈的态度是一种启示：勇于尝试，敢于变化。她从来就不安于只在香港做个小主管，她朝着自己的兴趣勇敢迈进，终于做了联合国代表，在世界许多发展中国家从事她所向往的非营利公益事业。

传统食家喜欢追根究底，寻脉络，不肯随便造次。那是一种修行，也是一种专情，属于一种官能记忆，储存在味觉神经里。一个经年离家的人，在尝到纯正的家乡口味之时，味觉记忆的苏醒唤回过往的感情，在灵魂与肉体之间引发一场激荡，这正是味觉上的还乡之旅。

而我已经不再天天吃米饭、中国菜，虽然中式菜种极多，南北口味各异，尤其亚洲绿叶蔬菜种类之多，比起西式的青椰、芦笋、生菜色拉多变化，但是，泰国菜、日本菜、印度菜、墨西哥菜、意大利菜、法国菜、希腊菜、摩洛哥菜……也仪态万千各有风味。我的肠胃完全没有操守，见异而且思迁。

这是全球化饮食时代的福分，世界上的美食运行千里后，一一来到餐桌前，不论你身在何处。除酱油香油辣椒糖醋葱酱蒜米酒豆瓣的棕色东方系统之外，加入一些黄油奶酪白酒的白汁系统，西红柿洋葱奶酪橄榄油的橙色系统，或者酸奶芝麻香料之类的中亚系统，辣椒莱姆香茅鱼露，或椰汁咖哩黄姜孜然等等。

胃口善变，多变，每天想着不同菜式就是一种挑逗。口味需要变化，肠胃喜欢走私，欲望从来就不知道什么是忠诚与节制！

有次，心血来潮专程往中国杂货店买回来萝卜干，做一道萝卜煎蛋，小时经常吃，咸咸香香，非常容易下饭。这是穷日子里需要喂饱肠胃之后去劳动的美食，或学生时代饥肠辘辘时，便当里菜香的召唤。现时生活已经不需大碗吃饭，吃要健康也要享受，那萝卜炒蛋之简约素朴，以及鱼香茄子之异味刺鼻，到此也都只能偶尔尝尝，不可经常食之了。

嗜咸是一种念旧情怀，属于过去拮据的年代。没有冰箱，杀一只猪要用几斤的盐将肉腌在缸里吃上一整年，肥肥的五花肉腌上胡椒盐，抹上高粱酒，搓呀搓，把味道搓进肉里，然后一条条平铺在缸里，每铺一层撒一道盐。吃的时候拿出一条咸肉，水煮切片，肉色微黄半透明，蘸蒜蓉、白醋配米饭，那带着腐味的特殊咸肉香是当今松板猪肉饭所无法比拟的。只是，现代人已不再嗜咸，怕吃多了增加肾的负担，还怕糖尿病、胆固醇、高血压。

这年头其实已经没有什么尝不到的鲜，伦敦所有的超级市场，都有特设的东方食品专区，供应酱油、麻油、糖、醋、辣椒、香茅、鱼露、莱姆叶、咖哩、黄姜，所有亚洲料理需要的配料都可以买到；纽约百老汇街上的蔬果杂货店无所不有，四川胡椒、挪威船饼、意大利面食、芬兰脆饼、荷兰腌鲱鱼、德国黑麦面包、英国牛津橘子酱、匈牙利香肠、法国奶酪、土耳其芝麻糕(halvah)、犹太 Kosher 食品应有尽有。而鱼子酱、鹅肝酱、奶酪、意大利香肠也逐渐成为亚洲超市的寻常货。现代肠胃的全球化乃是不可阻挡的趋势。

饮食文化在不断地革命与创新，同服饰一般，一边在推陈出新，一边在复古怀旧。我们的二十一世纪，所谓的混蛋杂种。

第三章　混蛋杂种

混蛋杂种

中学家事课里学了一道菜：三色混蛋。简单，而且万无一失，除非不小心买了个臭鸡蛋。三个鲜鸡蛋，三个煮熟的咸鸭蛋（切丁），三个皮蛋（切丁），加两匙油，葱花（不需放盐），和鲜鸡蛋一起搅拌均匀，烤盘上抹油，倒进去烤二十五分钟，拿出来切成自己喜欢的大小薄片，漂亮整齐、方便美味，吃起来带点奶酪香，夹片小黄瓜另有风味。

村上春树是个从文字到饮食都混种的现代作家，《寻羊冒险记》里他让不知所措的主人公在给地板打完蜡之后，开始烹煮一道鳕鱼子奶油意大利面，用白葡萄酒与酱油入味。这是酱油与葡萄酒的复合食谱，意大利乌鱼子凉面的变种（Capellini Freddi con Bottarga），北海道的特产鳕鱼子与意大利细面条搅拌，是就地取材的创意食谱。

意大利人将腌金枪鱼或鲔鱼卵加盐风干成的乌鱼子，当作夏天的家常开胃菜，经过食家的创造改良，成为风行各地的鱼子酱凉面。切成薄片的风干乌鱼子晶莹剔透如琥珀，村上用的是北海道新鲜腌制的鳕鱼子，粒粒晶莹，口感独特，风味绝佳。

有一个关于海门（R.I.P.Hayman）——一个生活里永远有奇迹发生的男子的故事。他这一生两次逃离了他所生长的纽约，一次是 1971 年越战期间，被征召入伍，因为反对战争，于是带了一把曼德林，搭了便车南下去墨西哥，一路沿途卖唱。危地马拉、萨尔瓦多、洪都拉斯……走过一个国家又一个国家，两年之后回到纽约。

第二次是十年后的 1980 年，他在哈德逊河边的耳馆（Ear Inn）经营当时纽约唯一的现代音乐杂志（EAR Magazine），约翰·凯基（John Cage）、菲利普·格拉斯（Philip Glass）这些人都是伙伴。耳馆是超过百年的古迹建筑，也是纽约著名的鬼屋之一，从阁楼上的窗口可以望见哈德逊河景。

耳馆楼下是餐馆，厨师是早年从福建跳船来的移民，终年窝在厨房那个燥热隐蔽的地方，但做菜创意十足，大胆发明中法混合的新品味。招牌食谱是一道法式马铃薯泥（Hachis

Parmentier）：去皮煮熟的马铃薯，加上奶油、鲜奶、盐、胡椒捣成泥状，再将煮熟的菠菜与煎过的香肠碎肉拌在一起。当时在纽约没餐馆卖这道法国乡下农夫的家常菜，耳馆的声名由是而起。

这里的厨师用酱油调制美奶滋，称之为毛奶滋（maonnaise），居然也独树一帜。他们把中法食谱混合调制，创造了新口味，成为当时纽约复合美食（Fusion Food）的滥觞。

耳馆的菜式大受欢迎，风靡纽约，众多食客慕名而来，耳馆遂成曼哈顿西边河的热门食店。那时，那一带还荒凉，哈德逊河上的风呼呼的，可以吹到大门口，附近码头萧条冷淡，屠宰场亦是近在咫尺，黑手党就在那个地盘活动。

也许是黑手党不喜欢看到那么多无关的人进出他们活动的范围，也许从头至始就是一场误会。有一天夜里，耳馆里来了神秘访客，告知海门：他有指令要取海门的命。但见了海门，觉得他是个坦率正直的汉子，私下便放他一条生路，让他在天亮之前消失在纽约城，永远不要再让他看见。

海门于是连夜逃亡，直奔台湾，在师大学了两年中文。1982 年回到纽约，发现那个杀手已经死了，真相无从追查。他猜想当初大概是弄错对象，因为他从未从事犯罪活动，往来皆文艺之士，跟人无冤无仇无瓜无葛。

耳馆迄今犹在，但老态龙钟。耳朵（Ear)已经剥落，楼梯摇摇欲坠，屋顶已经倾斜在一边。由于是政府立法保护的古迹（1817 年，James Brown 所建），未得批准不能随意更修，但烟囱就要倾倒，全体员工从厨师到服务生都参与进抢修烟囱，这些人倒真能叠砖块，道理大概与端盘子类似，都是靠着一双手的平衡与操劳。

那个“耳”字的由来，也是因为原来是个吧“BAR”，在古迹保护法法规不允许更改的情况下，机灵的海门就悄悄将“B”字右边的耳朵打通，成了“E”字，BAR 于是成了 EAR，一直沿用至今。

这么多年来耳馆还是一样的师傅，一样的菜单，一样的价钱，一样的美味，厨师不费吹灰之力就能做好热腾腾的美食，那里的气氛永远亲切、欢乐，从厨师到侍者，没有人不是快乐地工作，生意也一直鼎盛。不贪婪，不取巧，他们给员工足够的报酬，给客人地道诚实的食物，赚多的钱用来继续维护耳馆那栋陈年又闹鬼的古迹。

你绝对可以信任那里的食物，因为耳馆恐怕是全美唯一没有冰箱也没有微波炉的餐馆。不是他们故意不买，而是厨房没有足够的空间放这些设备，换句话说：他们的伙计每天一早就上市场采购，厨房里永远没有隔夜或冷藏的食物。

纽约市新颁布的法令规定：如果任何餐馆、食品店一旦被发现有“齿噬活动”（Rodent Activity），找到证据就罚款，一粒屎罚一百美金。因为附近工地有个老鼠窝，有次不幸殃及耳馆，市长的垃圾特遣队（Dumpster Task Force）检查员在他们的厨房角落找到两百粒老鼠屎，被罚款两万元。那些鼠辈在肇祸之后逃之夭夭。直到工地的鼠窝被捣毁，耳馆才得以免除这类无妄之灾。

早年曾在耳馆吃过白酒煮青蚵、软壳蟹，二十年后的2005年再访耳馆，吃着一样的菜，在一样的壁饰与一样暗淡的灯光下，仿佛时光倒流。

海门也已步入中年，成为一个航海专家，继续写书、作曲、周游四海。耳馆所在的那条春街（Spring street），现在名店林立，地价非凡，只有一个耳馆老老旧旧，破破烂烂，但客人依旧恋恋难舍，谁都不愿意看到它的改变或消失。

复合美食（Fusion Food）是二十一世纪的饮食趋向，更是纽约这个城市的风尚。在厨师们纷纷背离传统的时代，纽约人更不在意欧洲推崇的米其林指标，大胆创新，日新月异。

亚洲复合美食（Asian Fusion）将越南、印度、泰国、中式菜肴与西式烹饪互相启发创造，酱油可以做意大利酱汁，XO酱成了许多厨师们的调料配方。菜式口味更新求变，一个餐馆卖多种菜式，湖南菜馆也卖寿司、鱼饼。

二十一世纪的纽约堪称寿司城市，寿司生鱼争霸整个城市人的肠胃。I love Shu-shi！经常可以听人这么说，从企业家到知识分子到家庭主妇，每个人都爱寿司——当今派对里最时髦、最普遍也最方便的轻食。

寿司森巴（Shusi-Sumba）早在纽约蔓延燃烧，生食周三，芥末周四，嘉年华周末烧烤……日本人大量移民巴西，拉丁爵士夹带日本芥末，加入烧烤热情，陪伴寿司的冷冽素净，流传到纽约这个大熔炉里，寿司吧台上便出现了森巴热舞。这是我们的混种（hybrid）时代，食物里的文化交融。

人们对新口味的追求，使许多过去没有被人食用的菜种成了高级饮食的新宠。日本的水菜（mizuna），味道带着芥末的辣与苦，叶子如槭树，一般清炒或煮汤，西方的吃法是与其他生菜叶子包装起来作综合色拉，风行美洲、欧洲。

远菜，或叫菜远，在广东菜馆里是最廉价最普遍的，一年四季都有，天天吃嫌腻，不吃又想念的一种家常菜，类似台湾的甘蓝菜，相较于西方的青椰菜，也是廉价、长青，毫不起眼。这菜远在新潮的菜馆里，被放进绿咖哩海鲜中，味道不清明，卖相也邋遢，但对那些从未见识过菜远的人，新的经验就是一种味觉的冒险。

菜心，矮矮肥肥，茎白叶绿，生生脆脆，比小白菜浓烈，也更甘甜爽口。西式餐馆用酱油、香油、芝麻粒调了当生菜吃。广东菜里的白菜球，矮矮的一小丛伞状，圆圆的小朵小朵的嫩叶子，带点芥末与白菜的辛辣，与蒜蓉清炒当肉排或肉类的垫衬。

日本的菊蒿（shungiku），有与茼蒿类似的清香还带点辛辣，拌色拉或做汤用。紫苏大概可以比拟欧洲的迷迭香，虽然质地相貌迥异，但都是那种吃进嘴里满口芳香、通心舒畅的香料食材。越南菜和泰国菜里的香茅、莱姆、鱼露、味噌、香油、芝麻、梅汁、核桃酱……都已经是西方厨师常用的配料。如果你吃到蒲公英色拉，一点也不足为奇。

广东菜里的海鲜酱到了香港以外的地方成了合兴酱，广东话发音，外人一点也无从知悉合兴酱到底是啥东西，就像英国人吃炸鱼排用的那一瓶咖啡色的非酱油非茄汁的酸酸辣辣甜甜的 HP 酱。

纽约著名餐馆厄伦（Aquavit and Ringo）的主厨马克·山缪森（Marcus Samuelsson）用咖啡豆做酱汁，放肆大胆地以小豆蔻、玉桂、焦糖浆（caramel syrup）、高汤、意式咖啡（espresso）、酸奶酪与奶油调制成酱汁，类似烧烤与烟熏的综合效果，但又多一份中亚口味；还有以巧克力汁与小豆蔻（cardamom）、酸奶酪调制的咖啡酱，用来配烤鸭肉或鸡胸，吃的时候，多了份意想不到的咖啡香。

巴黎顶级旅馆之一的四季，推出巧克力SPA，以可可粉加蔓越莓、薄荷调成护肤膜，让皮肤柔细光滑之外还散发淡淡的可可香，迷倒无数名媛仕女。

新式食谱之抽象，研读菜单之复杂，让吃饭成了一种想象。纽约东方文华饭店的菜单，鲟鱼搭肥鹅肝配以日本lulu酱（海产里提炼的调料），青菜用大吉岭胡桃油拌炒，谷粮里有山核桃。食谱详列各式食材与配料，俨如一本巨细靡遗的研究报告，不时还要劳驾随侍在旁的服务生解答疑难困惑，点个菜还真需要点工夫和学问。

美食《概念设计》（Concept Food），表现人对食物的想象、创造以及人与食物之间的关系，一道菜不再是单纯的盘子与食物，其中色调、结构、口味……从视觉到味觉，无不追求感官的愉悦美好。端到你面前的从开胃小菜到甜点，都是一件小小的装置艺术，立体而多彩。

现代饮食讲究新意，不只是食材物种的新，也是菜式口味的创意，新奇的品相，带给现代人味觉上的新意与刺激。寻觅新食材的高手，云游四方，寻找稀有食材，以满足饕餮永不知足的贪婪口欲。香港有个叫 Peter 的采食人，经年云游东南亚各地，搜索各种稀奇鲜见的食材，转卖给星级饭店与高级餐馆，成为餐饮界炙手可热的人物。为了满足饕餮的猎奇口味，好厨师都想拥有一点独特的秘方以夸耀于同行或标新立异。

美国厨师安东尼·伯尔顿周游列国的饮食猎奇之旅，被摄制组拍成吃遍天下的纪录片，成为电视的热门节目。

美食囊括了文化中最细腻最艺术的形式，它是感官的探索与发现。未来的饮食倾向将更趋于清淡。有点像今天的食疗，融入各种崭新的原料和食材，甚至用迄今为止仍未被人知晓的野草、蔬菜、肉类、鱼类，以及目前被认为不可食用的东西，做成色香味美的全新菜肴。

味觉是人类最丰富、最细腻的体验，也是记忆与感官在岁月里相互磋磨的共生体。每个成人约有一万个味蕾，以酸甜苦辣涩咸辛麻分别散布在口中不同部位，每一个味蕾约有五十个味觉细胞忙碌地将信息传送到神经细胞，让大脑有所知觉。

我们依靠这些布满喉舌颚咽的雷达去品尝地球上近两万种食物。对口味的感受与喜好亦因人而异，这差异与遗传有关，而唾液也随心情而变。忧郁症患者渴望碳水化合物，以便提升沉闷的情绪；恋爱的人总想吃巧克力，也是因为挡不住甜蜜的诱惑。

第四章　奶酪入侵

奶酪入侵

伦敦生活有两样东西令人怀念，一是送到家门的新鲜瓶装牛奶；二是报纸。空瓶、旧报都回收。

生活里有些东西令人忠心耿耿，有些东西可有可无。离家离乡经年，已经很久不吃空心菜，回到亚洲，腐乳空心菜吃得津津有味，但一时没吃也不会特别念起，甚至吃过即忘，如葫芦青瓜之类，有也好，没有也无所谓，真是无足轻重。

中国地方风味小菜种类丰富，口味繁多，但多半是一辈子平平凡凡无法翻身的家常食物，不容易刺激肠胃、撩拨食欲。胃口有时亦如感情，企图走私之际总是想入非非：奶酪就是这样入侵了我的肠胃。

到了某种程度，大凡经年煮食烹饪的人，便不再愿意根据食谱依样画葫芦，不时还想更新求变，随性创造食谱。墨守成规是一件需要执着与修炼的功夫，喜新厌旧的人断然没有这样的忠诚与信念，做出来的菜就像无法预测的天气，还经常跟心情紧密相关。

这道清爽但依旧醇郁的奶酪蛋糕（cheese cake）就是这么一个偶然的创作。喜欢起司蛋糕的人，经常在吃完之后都感到不可避免的饱胀，因为那整块蛋糕里有一半的软奶酪（cream cheese），三分之一的酸奶酪（sour cream），三分之一的鸡蛋和糖。如果改用低脂优格代替酸奶酪，烤出来的蛋糕，多了一份优格的奶酸，少了一份奶油的浓稠，蛋糕的质地湿润松柔，冰凉了吃，真是对舌头的爱抚与诱惑，绵密香醇似吻般缠绵。

香港半岛酒店咖啡厅，采用罗马式食谱，用清淡爽口的瑞可塔（ricotta，低脂羊酪），果真胜人一筹。口味上少了奶酪的厚重，留存了软酪的香醇，特别适合那些喜爱奶酪又怕浓腻的人的口味。

恬淡的瑞可塔奶酪与菠菜、洋葱一起用奶油酥皮（filopastry）裹覆，烤成荷包（parcel），营养好吃，简单容易，是怎么做都不可能失手的美食。星期天的早午餐（brunch），一份烤奶酪菠菜，一个牛角包，一份水果色拉，便有一种丰盛与满足感。

在托斯卡尼吃到瑞可塔与橄榄油煎成金黄色的甜脆栉瓜（zucchini），拌几片罗勒加斜管通心粉（penne）的意大利面食，清醇爽口简直如初恋那般鲜美曼妙。

新鲜的瑞可塔（ricotta）在一般超市难买到，有幸的是在伦敦住家附近的希腊店里，星期三下午总有及时送到的瑞可塔与菲塔（feta），就像台北香港街市里的新鲜豆腐，买它总有一种喜悦与幸福之感，这是食物能带来的小小欢愉。

希腊人用菲塔奶酪拌黄瓜、橄榄、西红柿，加个煮鸡蛋就可以当早餐，天天可以这么吃。菲塔是去脂羊奶所提炼，没有一般奶酪的黏稠，而且有豆腐干一样的劲道与乳香，超市里一般整块卖，也有装玻璃瓶里与橄榄油香草拌在一起的小方块。菲塔直接拌进青菜色拉里，也是懒人在家就可以享受到的简易健康美食。

摩渣瑞拉是意大利南部的特产，做比萨饼不可或缺的原料，质地柔韧多筋，咬起来带劲。粒状的水牛摩渣瑞拉更柔韧，可以一丝一丝撕下来（mozzarella 就是撕碎的意思，跟咖啡加酒与软酪做成的意大利经典甜食提拉米苏 tiramisu，意即拉我一把，有异曲同工之妙），净吃都是一种享受；切片拌西红柿、罗勒、几滴橄榄油、陈年香醋，再有一点鲜嫩的小洛矶（rocket）便是天堂美味了。

洛矶以野生嫩叶为最上等，味道苦中带着芥末辣，但含蓄矜持，在咀嚼中慢慢释放出一种温和的甘苦味，不若苦瓜之苦，却有相同的甘美，拌在生菜色拉里，让平凡的菜色脱胎换骨，是极有个性兼风味的生菜。在意大利原是普遍家常食材，和巴森米克醋、橄榄一般，如今风靡欧洲，也流行到香港，北京街市里都常见，讲究的餐馆饭店少不了都要用它，也成了一种时尚。

洛矶是耐寒植物，薄弱的细叶在风雪里依然绿意盎然，开细小的白黄花，结细碎的籽，在小小的豆荚里非常容易繁殖，随便掉地上的种子，就可以任意滋长。在伦敦住家花园角落总有一撮洛矶，生生不息，现采就可以现吃。收集的种子，随身带到亚洲，可是在寸土寸金的香港，没有一处容它繁殖的土地，城市的阳光也被密如丛林的大楼切割得残缺不全。

初识乳类制品是二十世纪七十年代，在台北新开的顶好超级市场。那时住“国父纪念馆”附近，联合报大楼还没出现在忠孝东路，顶好是东区最时尚的购物中心，超市里有美国进口的鲜橙汁和乳类制品，当时出于好奇买了瓶优格（酸奶），才试一口尝到酸味就顺手丢进垃圾筒里，以为那东西坏了！从来没吃过那样的异味食品，实在不敢领教。如今，胃里不时会需要那么一点酸奶的刺激，就像有时特别渴望吃点浓烈热辣的食物，胃口之贪婪，亦如善变的人心，对人对食物都不可期待忠诚。

奶酪在厨房，如面包奶油一样不可或缺，但种类远远比面包繁复。奶酪多以产地命名，种类和质地也因气候而异，就像云林豆腐与九份豆腐会有不同的韵味与质地。但是豆腐只有豆干、豆乳、老嫩的几种变化，奶酪因为发酵时间、制作环境、产区以及材质差异，种类繁多，口味变化无穷，有老有嫩，有硬有软，有烟熏，有风干，有加入各种香料以拌果脯等等，味道有淡（mild），有浓（creamy），奶酪越存越老味道越深厚。有新鲜日产如豆腐者，也有日月经年的干硬奶酪。生食风行之际，生奶制造的奶酪，又成为食家们的新欢。

一般人，即使是一个从小吃奶酪长大的法国人，约略只识得三四十种奶酪，大部分人熟悉的奶酪多半已风行世界各地，比如意大利的摩渣瑞拉（mozzarella），法国的布利（brie)、葛吕耶（gruyere），法国产量最大的康提奶酪（comte），拿破仑最爱的坎蒙勃（camembert），白霉、蓝霉奶酪，意大利的戈根佐拉（gorgonzola）、帕米基诺瑞基诺(parmigiano reggiano），荷兰的熏奶酪，还有几乎普及全球的巧达（cheddar）。

市面上来自世界各地上百上千的奶酪品种，难有人能一一尝尽，最好的方式是旅行在欧洲如法国、意大利的城镇，每到一个地方试一道奶酪拼盘，尝尝各地风味不同的奶酪。菜单里的奶酪拼盘，通常在主菜之后，点心之前，用来搭配不同的酒。

完美的搭配中，酒、面包、奶酪在咀嚼过程中的变化，真如一场味觉的魔术，那种一个层次一个层次漫溢出来的香醇，把奶酪与酒里的精华奇妙地结合在一起，融合成的美妙滋味足够让人销魂欲醉，如恋爱般痴迷。

一般奶酪拼盘，大致会有一种软酪如羊奶酪，一种浓烈的蓝霉奶酪，一种软硬适中的温和奶酪，让口味有几种变化。比如卡蒙贝尔或布利，配戈根佐拉（世界三大蓝霉奶酪之一）与温和的巧达。许多奶酪都得经年酿制而成，熟度不够的奶酪，买回来还需要放室温下等它成熟才好吃。

奶酪、香肠（salami）配面包，简单随意，但却越嚼越香，那就是奶酪的神奇。入菜用的奶酪也多，意大利与法国菜式里，从肉类到海鲜、蔬菜、比萨、面食以至甜点，几乎都少不了奶酪调味，就像日本人的味噌、华人的酱油、印度的咖哩、泰国的鱼露。

做三明治常用英国巧达、瑞士大孔奶酪；做千层面（lasagna）与做披萨饼用摩渣瑞拉；做调面用青酱（pasto）；做意大利馅饺（ravioli）、菱馅饼（tortellini）用帕玛森奶酪（parmesan，是多种意大利硬奶酪的合称，如帕米加诺瑞加诺（parmigiano reggiano）、帕可瑞罗马诺（pecorino romano）；做奶酪蛋糕与吃贝果用软奶酪（cream cheese）、味道呛鼻的青霉奶酪；做白汁用浓鲜奶（double cream 或 cream fresh）；做甜点或酱汁（dip）用酸奶酪（sour cream）；做提拉米苏或拌通心粉用玛斯卡波尼（mascarpone）。不同食谱运用不同浓度、不同质地、不同味道的乳制品，调制出千变万化的人间美食。食物里添加了奶酪，便像味觉里开辟了另一个场域，人生滋味亦多添一份风采。

有回在东北缅因州滑雪度假，山中旅店在寒夜送来葡萄美酒与切成小块的鲜苹果配葛吕耶硬酪（gruyere），苹果的酸甜清脆渗入奶酪的醇浓柔润，综合出芳香富饶的美妙滋味，让人入口难忘。葛吕耶奶酪早在公元前四十年就存在，是历史悠久的老奶酪，法国与瑞士因争相声称是葛吕耶的原产地而争论不休。它由全脂牛乳制成，味道香浓，口感绵润，但质地干硬，可以经年久存。最先发现奶酪是最佳蛋白质来源的是军人，不是美食家，当年长征的军旅就是依靠这些可以随身携带的硬奶酪裹腹充饥。

早年在纽约初尝友人莉莎为我做的意大利菜。她是中国父亲与意大利母亲的混血。为了欢迎我这位远道而来的亚洲朋友，莉莎费了一番功夫准备了一长桌的意大利菜。记得那餐饭有海鲜乳酪烩饭（risotto）、白汁面疙瘩（gnocchi）、西红柿奶酪烤茄子、蜜瓜火腿，还有几种当时不认识现在也记不得的奶酪。席间，莉莎关切地问我喜不喜欢她的烹饪。

我当时坦率鲁莽地说："西红柿好，奶酪好，但放在一起不好。"

朋友在旁边提示："这样说话，将来会没人敢再请你吃饭！"

我当时很理直气壮地辩说："诚实总比勉强假装好吃折腾自己的肠胃好过一些！"

这是生活选择题，看你要成为说话得体受人欢迎的客人，还是坦白诚实，吃得痛快活得开心的人！

彼一时，此一时。后来，西红柿和奶酪成了厨房里一年四季随时都有的常备食物，时不时用茄汁奶酪烤一盘千层面，饿的时候掰着奶酪就放进嘴里吃，怎么也没想到如此轻易被奶酪征服。

许多奶酪需得经年才能酿制而成。有些奶酪又辣又呛，尤其是发霉的奶酪，如英国的斯提尔顿（stilton），浓烈刺鼻的异味足够让人掩鼻绕道，但配合着适当的面包或饼干，别具风味，总有人爱不释手，就像有人钟情腐乳、咸鱼或发出腐臭异味的食物，那叫异香；喜欢榴莲的人称它是果王，不喜欢的人闻之退避三舍，泰国的飞机就曾发禁令限制旅客夹带榴莲上机，那种异味在密闭的机舱里恐怕让不习惯的人闻之作呕。

在松饼面包（英国式的muffin）上放个水煮蛋（poach egg），上面盖一片切达奶酪（cheddar），放进烤箱略烤，乳蛋交融，这许多年来一直是我的冬日早餐食谱。离开纽约之后，有次清晨六点在香港兰桂坊的九七餐吧吃到这味早点，厨师还衬了绿菠菜与红西红柿，那顿早餐是因为过海去九龙参加疯狂的瑞舞派对（Rave），狂欢到天亮，饥肠辘辘筋疲力尽，跳上出租车直奔餐吧。那时还以为那是青春未老前最后的一次狂欢，因而久久也没能忘怀那个疲累饥渴的清晨，整个城市仍在半睡中，我是如何欢喜地看到那一盘五颜六色犹如七情六欲的丰盛早餐的。

墨西哥三角玉米脆饼（tortilla chips）上撒些墨西哥辣椒酱、奶酪粉、橄榄粒，放烤箱略烤就是可口的下酒小品。即使家常如洋葱、西红柿、青辣椒碎粒加香菜末与盐巴，也可以是万用调味酱，放在任何薄饼上略烤就是千姿百态的小食，聚会野宴当点心零食都合宜。

最简单的吃法就是一条新出炉的法国长面包（baquette）与

熟度适中的布利奶酪，一杯红酒，一点不需讲究的日常，却如魔术般能咀嚼出人间美味，就如父亲那个年代的保力达P加米酒配花生般绝配。

新鲜出炉的面包，小麦、燕麦、荞麦、黑麦等五谷杂粮，都是越嚼越香，好的全麦面包不需烤过再吃，一烤就失去天然的麦香与韧劲，那种把鲜香奶油涂抹在质地柔韧的面包上的感觉，夸张地说，真像一种爱抚，性感至极。

最好的奶油是由乡下农家巧手自制的，低温处理，保存了奶油（cream）原味，香醇得几乎渗出甜味来。纯粹不加盐的奶油（unsalted butter），或称原汁奶油（sweet cream butter），没有人工色素，淡淡的象牙色像婴儿的肌肤，散发着原始的馨香奶味。

奶油做菜多一份醇郁浓香，烤东西多一份酥脆，它是丰盈奢溢的食物，像多欲的男人，明知道它的种种危险却依然放肆与纵容。无意拒绝那种非分的诱惑，那是我对奶油的私心，从不节制自己；美国名厨朱莉娅·柴尔德（Julia Child）就是个坚持使用奶油的烹饪大家（这又是给自己的贪食找借口）。

法国女作家柯雷特（Colette）说，假如我有一个准备要结婚的儿子，我会告诉他：小心那些不喜欢酒、松露、奶酪和音乐的女孩！

第五章　色拉之必要

色拉之必要

生菜色拉好吃、好看、健康而且方便。亚热带气候其实更适合生食，也有很多西方所没有的绿叶蔬菜，但我们习惯猛油烈火炒青菜，而西方人看见炒青菜就抱怨：soggy vegetable，好像他们从小受罚吃这些带水的烂蔬菜，他们总是把青菜煮得焦头烂额。

可以生食的果蔬很多，各式生菜叶如罗曼尼、绉叶苣、苦苣、红菊苣、小洛矶、菠菜、苋菜（紫色尤其艳丽）、绿的紫的高丽菜、大头菜、青椰、花椰，红白紫绿萝卜、青椒、红椒、水芹、芹菜、黄瓜、西红柿、各类芽菜、苹果、梨、火龙果、无花果，豆类、苜蓿……

在维也纳吃到冻过的白萝卜切片配烤猪腿，甜甜脆脆；四川馆子也有将冻菜心切薄片，蘸口水鸡的芝麻酱汁，翠绿如玉，薄如纸张，美不胜收；台湾风行乌鱼子配生脆的白萝卜，流传到大陆，一窝蜂把乌鱼子都吃贵了。

水芹是水边极易生长的蔬菜，廉价如草，香港人拿来煲汤，因为都怕水沟边长出来的菜带有寄生虫，没人敢生吃；欧美水芹娇贵，一小撮接近一美元，三秒上锅热炒或凉拌色拉，比洛矶多一份辛辣与生猛；越南菜里加碳烤香茅肉片凉拌，肉也香，菜也美，相得益彰。

英国厨房女神奈姬拉有道水芹色拉，就用大把大把水芹，加上大把大把切碎的欧芹（parsley），再加一个她强调的所谓“可信赖的生鸡蛋”，调上香醋、橄榄油，那两种菜一腥一辣外加一个生鸡蛋，看起来生猛激烈，不知道吃起来味道如何。一直也没想尝试，因为不知道如何保证生鸡蛋可以信赖。

夏日里最清爽美味的一道菜就是意大利火腿拌蜜瓜（Prosciutto con melon），这是南欧人的日常小食，到了亚洲成了饭店与餐馆的高级料理。在南欧旅行的时候，一日三餐都可以这样吃。风干火腿有宝石般剔透的红，配蜜瓜的晶莹翠绿，吃在嘴里火腿的醇润与蜜瓜的清甜，绝对是炎炎夏日最性感的味觉体验，比吻更甜，比爱更醇。

吃生菜就需有调味色拉酱，基本的自制色拉酱，简单容易，没有化学添加料，与鲜嫩的生菜一起咀嚼，苦的、甜的、辣的，各种鲜味一一在挑逗着你的舌根味蕾。现成色拉酱总有过多人工添加味，一时可以骗骗舌头，像女子的甜言蜜语。喜欢本色与原味的人，终将发现最好的色拉酱都是一个巧手的主人调制的私家配方。

基本的色拉酱（dressing）是：一份酒醋，两份纯橄榄油（初榨冷压的纯净油），加少量的盐与胡椒，这是传统的法式醋色拉酱（vinaigrette）。没有人做不出活色生香的色拉酱来，唯一的条件是必须用上等的橄榄油与酒醋，否则，不小心就是酸涩扎舌，难以下咽，几滴蜂蜜或些许鲜果汁，可以缓和过酸的色拉酱。

在这基本的酱汁上，可以添加第戎（Dijon）芥末酱（用芥末仔磨碎更浓烈香辣）、蒜蓉、胡椒搅至浓稠，又是另一种更温醇的口味。现在厨师爱用百香果、甘橘、柚子等果类给色拉酱增添新口味，也是美食的新趋势。

意大利式的色拉酱用的是普及的巴森米克醋代替酒醋；新鲜嫩绿的果蔬生菜绿叶拌色拉酱，健康美丽天然纯粹，随性所至、因地制宜地添加葱、芫荽、荑葱、小茴香（dill）、意大利香菜、俄罗冈、鼠尾草（sage）、迷迭香（rosemary）、百里香（thyme）……千变万化，风味无穷。喜欢姜的人也不妨试试姜，每个人可以拥有独家配方的色拉酱。厨房的乐趣，经常是来自这些随性的创意与灵感。

把醋换成淡酱油，芥末换成Miso，蒜蓉换成姜末，橄榄油换成减半份量的香油，就成了日本口味色拉酱，浇在豆腐生菜色拉上，撒点烤香的芝麻，加高丽菜、青瓜、豆苗都合适。加了柴鱼和味噌的日本和风酱几乎可以跟意大利与法国的经典酱汁三足鼎立。

在朋友家吃到用炒过的洋葱加核桃打成的酱，放在煎鸡块、芦笋与酪梨中，堪称丰盛富足的一道鸡肉色拉，再有一份浓汤与面包，就可以是一顿营养美味的午餐或周末的早午餐（brunch）了。

芝麻酱拌茄子或豆腐、蒸菠菜，大概是最聪明最有禅味的中式吃法，最常在日本料理店吃到。芝麻酱里加些酱油、柠檬汁、香油、姜末或蒜蓉，拌着豆腐、生菜色拉，是自家的私房料理，带有东方风味，适合亚洲气候。

泰国青檬鱼露酱，中式酱油、香醋蒜头香油酱，墨西哥骚萨酱……生食的世界里有众多意想不到的新鲜口味等待有心人大胆去尝试。

千岛酱作为一种被广泛使用的色拉酱，与麦当劳之普及，具有同样的可议性。早年发现原来将西红柿酱与美奶滋搅拌在一起就成了千岛酱，一种受欺蒙的感觉油然而生。那种甜腻又混沌不清的人造色素，非天然调味，浓艳俗气至极，就像一个过度粉饰自己的粗俗女子，毫无气质与本色可言。

日本人据说独爱千岛酱。还有什么比一道不新鲜的虾仁杯里沾满粉红稠腻的千岛酱更令人沮丧？曾在飞机上遇见一个喝可乐加牛奶的日本女孩，她说从小妈妈就给她这样的饮料，因为她不喝牛奶，聪明的妈妈于是有这样的妥协与创意。

村上春树在《听风的歌》里也有用整瓶可乐调入煎薄饼(pancake)的怪异吃法；在纽约吃过朋友以可乐加酱油红烧鸡翅，简直神化了那一瓶本身就富有传奇色彩的通俗饮料；三十年前的高中时代，还听说可口可乐可以避孕（洗涤法，未经科学证实，请勿尝试）。

酱之风情

因为有个简便快速又实用的搅拌机，便经常随性做些酱类吃食，比如配面食的各种不同的青酱（pesto），红的，绿的，这是意大利菜里最经典也最够味的生机食谱，从罗勒、松子、奶酪到蒜头、橄榄油，无一不生鲜。以松软柔韧的意大利拖鞋面包（ciabatta）夹西红柿、马渣瑞拉奶酪与青酱，满口交织着食物混合的丰盈美味。

做好的青酱可以放冰箱存放，即使单单用来涂新鲜面包已经够美味，何况还可随时用来拌各种意大利面食，如意大利面（spaghettini）、馅饺、斜管面（penne）等等。

风干西红柿是历经地中海阳光的爱抚才得以拥有的风华与滋味。每回去欧洲，必定带回一大包美丽沧桑又颓废的风干西红柿。台湾气候潮湿，雨季绵长，很难晒出质量优良的西红柿干，只有地中海那样高爽亮丽的气候，才得风与日光滋润过的大地风味——焦甜味（caramel-like sweetness）。台湾西红柿生产过剩的时候，贱价烂卖，让人心疼不已，何不晒干它们或做成西红柿酱存放，该多好呀！

用三匙橄榄油加蒜头慢火煎切细的风干西红柿，加入切片的草菇（或蘑菇、野菇，随个人喜爱），煎香后加入一匙红酒、一匙巴森米克醋煮成酱汁，拌酪梨加洛矶生菜，是我百吃不腻的一道美味色拉。冷天吃更贴心，酱汁是温热的，吃到嘴里，绵糯丰盈，温存贴心，真像一场难分难舍的缠绵亲吻。

有道绿酱豆角面条，是过去香港岛上的北京邻居得来的灵感。邻居炒四季豆后，用熟面条盖在豆上焖几分钟，就生出一道充满面香与豆味的北方菜式；把中式面条改成韧度与弹性较高的意大利面，配青酱（pesto），拌法国细角豆，是中西合并的创意食谱。后来在意大利热那亚地区吃到加了马铃薯块与青豆角的绿酱面，用的是宽扁面条（linguine），居然有异曲同工之妙。

有回去日本朋友家里参加晚会，墨西哥来的奥瑞里欧看到碗里的绿色芥末以为是酪梨酱，挖了一大匙就往嘴里送，呛得他涕泗纵横，哇哇大叫，以为遭受催泪弹袭击。他还错把芥末当成瓜卡摩利（guacamole），墨西哥菜里最普及的一道够酸够辣又够爽的蘸酱，由西红柿、酪梨、洋葱、墨西哥小青椒与柠檬汁、香菜调制而成。这蘸与龙舌兰酒（tequila）一样，必须亲尝之后才能体会到属于墨西哥的热辣风情。

这是一道吃过一次就会不离不弃的墨西哥食品，不油不腻，不甜不咸，但泼辣、刺激、生鲜、可口，简便又营养，居家待客的不二选择，可以配三角玉米饼（tortilla），拌米饭鱼肉，加酸奶与烤肉卷饼一起吃。它是食物里的辣妹！越吃越过瘾，经常让人吃到欲罢不能！

瓜卡摩利遇到空气容易变色，做的过程中保留中间的籽，放回做好的酱汁里可以保持鲜绿。酪梨籽用两根牙签在腰部截下，做成支架，架在七分满的水杯上，果蒂朝下浸水一公分左右，放在光线温和的地方，不久就会发出芽来，长成幼苗，可以栽入盆里或地里，长成美丽的植物。酪梨叶长长瘦瘦，风风雅雅，当室内盆栽也好看，可以长得比人还高。

未熟的酪梨生涩苦口，通常需要等几天才软化熟润，放米缸里是最容易熟的方式。买的时候用指头轻轻在头部单击，软的就可食，过熟也不好，果肉发黑变味，通常我总在鲜绿的时候买它几个重而饱满的，随便扔在厨房里，熟了就逐一吃它们，做色拉或吐纳鱼三明治、墨西哥卷饼、搭配草莓的加州手卷或混种新谱的费城手卷，素食者可以软酪代替生鱼做成各种健康美食。

与瓜卡摩利互别苗头的是骚沙（salsa derosa），吃法相同，口味略异；两者是墨西哥酱里的红绿双姝，与热舞骚沙（salsa）一样征服年轻人的心。基本的骚沙酱（花园骚沙）是用一个去籽西红柿、三分之一个洋葱、两个去籽墨西哥青辣椒（serrano chile pepper）、小撮香菜、两调羹莱姆汁，拌四分之一茶匙盐，切碎后混合搅拌即成，做好放冰箱备用。

随着生食与素食的普及以及饮食习惯的改变，这些美味又新鲜的酱汁，在市面上可以选择的种类日益繁多。南欧鱼子酱（taramasalata，与酸奶酪鲜鱼卵调制的粉红酱汁），鹰豆与芝麻制成的胡玛斯酱（hummus），已经成为普及世界的大众饮食，从欧洲、美洲到亚洲的市场都寻常可见，与各式烙饼或切条黄瓜、红萝卜、青椒拌食，居家宴客两相宜。

胡玛斯酱做法简单，鹰嘴豆用水隔夜泡软之后，煮熟，滤干水分，加入原味芝麻酱（tahini）、橄榄油、蒜头、柠檬与一小茶匙孜然粉（茴香粉）和盐，用果汁机或搅拌机打匀即可。

懒人可以买现成的罐头鹰嘴豆代替鲜煮的豆子。

荸荠酸奶酪酱，专门是给偷懒的主人准备的小秘方。这道蘸酱(dip)保证跟千岛酱一样给人丰盈甜腻的好口味，讨人欢喜，但只可偶尔为之，不好经常食用，因为配料是超市现成的西红柿汤调味包，用两匙美奶滋加一盒酸奶酪调成，也是酸酸甜甜，让人禁不住想犯忌吃它一个痛快。荸荠的清脆与甘甜混在浓酸的乳液里，吃在嘴里滋味分明，酸的酸，甜的甜，综合之后竟是出奇的好味。

青瓜、红萝卜、青椒、红椒、大芹、青椰，切成小指条状，配点橄榄，一点干酪，再来一点意大利肠、鱼子酱、鹅肝酱、香槟、葡萄酒，就是一个丰盛晚宴的启幕了。

用蒜蓉、胡椒、香菜、盐调味的核桃酱好用、美味、健脑(属于中年的迷信)，我在进入一种记忆逐渐失去可信赖度的阶段后，开始吃起核桃。过去我经常做核桃巧克力蛋糕(brownie)，或是将核桃与去籽红枣打成核桃酪(可以加杏仁霜)，现在常用来拌优格，与香米饭一起吃。印度咖哩与酸奶是天生的绝配，不论跟青咖哩、黄咖哩，还是红咖哩、泰国咖哩、印度咖哩都能驯化咖哩中的辛烈而得到一种更丰盈温驯的好滋味；与酿茄子、酿青椒、酿西红柿一起吃，就是地道的中亚口味了。

新鲜红葱头或洋葱、青辣椒、西红柿切成碎粒加入盐、胡椒、柠檬汁，随时可以拌着食物吃，是一道简便的提神醒味小酱料。

印度酸奶饮料拉喜（lassi），是牛奶拌酸奶酪（可以加芒果、香蕉、草莓、覆盆子、蓝莓）打成的饮料，甜咸两味，各依所好。

基本的乡村酱（ranch dressing）是美奶滋或酸奶酪（sour cream）拌调料打成的，炸鸡、洋葱圈、烤鲑鱼或色拉都适用，中菜馆里的烤鲑鱼经常配这么一小碟酸中带甜的酱汁，市面上的新口味还有加覆盆子（raspberry）、核桃与香醋调成的，紫褐色中带着浓郁的果香与莓酸。

文艺复兴时代佛罗伦萨贵族所喜欢的橙汁鸭肉，以烤鸭的肉汁加橙汁调制而成，当今以水果入菜的新食谱造就了胃口上的异国情调，挑动味觉的想象，增添饮食的风情，也是味觉上的新体验。就如日本的 teriyaki 酱加上中式的梅子，传说中梅子的酸对味蕾的刺激具有催情作用（英国伊丽莎白女王时代的妓院，曾免费提供梅子给顾客）。

但是，诚如古人所言：最好的春药以及人体最性感的部分，是来自于想象；追根溯源，食物原本是植物或动物的交配产物，正是食色不分家。

第六章　龙虾之痛

龙虾之痛

初抵纽约是在 1983 年冬，住在租来的阁楼里，和马可过安静简单的小日子。

马可第一份工作的第一个薪水日，兴高采烈地邀请器重他的女上司 Vivian 在家吃晚餐。五十多岁的 Vivian 是精通塔罗的半个女巫，不吃四只脚的红肉，不吃长翅膀的鸡鸭，但嗜食一切水里游动的海鲜，于是便决定了宴客主食为龙虾。

当时中国城有全纽约最便宜的龙虾，是头上长出两只巨螯的长臂龙虾。十美元可以买到三只缺螯断臂的活龙虾，十二元可以买到完整无缺的龙虾，两元钱也得算计，可见当时日子的拮据。

厨房里，我戴着厚手套，从背后抓起龙虾，这些被翻转以后便很难造次的海鲜总是有一种俘虏的顺从表情，让人在处置烹煮它们的时候，不可避免地要生出罪恶感。卖龙虾的鱼贩很热心地告诉我：煮龙虾之前需用牙签往龙虾的尾端刺去，称为放尿。真的也喷洒出一柱液体来，最后将刷洗干净的龙虾放进热气腾腾的滚水里，让它瞬间毙命。

先前已经听说过：煮龙虾会发出惨叫声。果真听见恐怖的尖叫，频率不高，声量也不大，约略像老鼠挨打可能发出的声响。

那是吃龙虾唯一难以释怀的罪恶感。美国当代偶像作家、《失忆》（*Oblivion*）的作者戴维·佛斯特·华莱斯（David Foster Wallace）曾在波士顿每年一度的龙虾节庆里大力声伐吃龙虾的残酷。他驳斥一般人说的龙虾没有脑，不会知觉痛。华莱斯做了详尽的科学研究，具体地指称：龙虾具有大脑神经，和人类一样能感觉痛苦。他用文学家细腻的笔触描写烹煮龙虾，描写它们的身体四肢因受高温而产生剧痛的痉挛、扭曲与挣扎……

根据华莱斯的说法，龙虾放入滚水里至少需要经历三十五秒到四十五秒的高温煎熬才气绝身亡。

作为一个贪婪嗜吃的文明人，在道德与食欲之间，我也有良知上的自谴与愧疚，但那样的感觉持续不了多久。和大多数明知故犯的人一样，我只是虚伪地选择不去看它们如何死，如何受苦，避免去想象它们生而被人类宰食的悲剧命运，只是安适地坐在点缀着烛光与音乐的餐桌前，举动刀叉文雅地进食。

凡活着的生命总需进食，身体总是会饥饿，作为人类无法避免为生存而吃这件事。既然是非吃不可，便必然有被吃的牺牲品；自然是暴戾的，物竞天择，弱肉强食；我是这样自圆其说，在还没完全戒除吃鱼吃肉之前。

卡尔维诺的小说《帕洛马先生》中，有段描述牛在被杀时的抗拒，三个屠夫，一个负责戮牛颈，一个压牛头，第三个人给牛最后一刀。待宰的牛迟迟不肯前进，知道前路一去无回，屠夫必须在后面推着牛挨宰。

卡尔维诺的论点认为：人类明知杀生残忍但还继续吃肉，这种思想和行动的相悖是可以并存的，因为人类本来生活在矛盾中，进一步说，人性本来是矛盾的。比如我们都知道：抽烟有损健康，巧克力太甜，河豚有毒素吃河豚可能会死……但，我们一样禁不住诱惑照吃不误。

是以，总也敌不过美食的诱惑。龙虾肉质鲜美带劲，比鸡肉细嫩，比鱼虾津甜，脱去外壳，剩下的就是矜贵的纯肉。对待这样的美食，必得截取它的原味精华，不必过度用调料，那些葱姜拌烈火猛油的方法，蒙蔽了天生丽质的龙虾美色；法式鲜酪焗烤也过度浓稠；吃来吃去，就喜欢白煮龙虾蘸酱汁，赤裸裸将它剥光吃尽。

最简单的吃法是用融化的奶油调蒜蓉加几滴鲜柠檬（aioli）蘸着吃，鲜纯的奶油毫不油腻，而且带着奶香的甜蜜如同婴儿脸颊一样馨香。

对一个堕落的嗜食者来说，命可以短一点，好东西不能少吃一口，没得享受的人生，活得长久也是乏味；何况食物是最普遍、最大众、最基本又最容易获得的快乐。

白汁奶酪焗龙虾是港式特色，调好白汁淋上对半剖开的龙虾焗烤，只要温度、时间掌握得当，烤出来的龙虾，表面是香酥金黄的奶酪，里边是龙虾肉汁与乳汁交融的天下美味，这些鲜美的汁拌面条、蘸面包、馒头都极好，好吃得连手指沾到也会不小心吃进去。

全只水煮龙虾有巨螯与硬壳，吃它们需要特制的龙虾夹。美国人比较单纯而且实际，吃核桃要核桃夹，切火鸡要电动锯子，吃龙虾也要龙虾夹。于是晚餐之前马可被派遣到街口超市买龙虾夹。

一副夹子 3.99 美元，他买了三副，跟龙虾等价，跟我的扫把簸箕等价。到了那个地步，我不得不请他拿两把回去换扫帚和簸箕，剩下一把龙虾夹三个人共享。

那是刚到纽约的窘困，一架 57 美元的黑白电视机都需要三个月的省吃俭用，画面很小，是一般人家放在厨房角落的，完全无法和现在几十寸的彩色宽屏对比。那是面包与爱情激烈较量的日子！

后来口袋宽裕了些，经常可以随性吃龙虾，那是纽约生活的黄金时代，很多餐馆以 19.99 美元的龙虾大餐招揽顾客，我们常常吃到撑着肚子像孕妇那样行走，真是吃伤了自己。美国的大鱼大肉，现在想起来是粗俗豪迈的，跟法国人、日本人的吃法相较，那个年代的餐食还是少些精致典雅，尽是大盆大盆的色拉，大块大块的牛排。后来到了欧洲，看他们什么都做成小撮，就像脸盆遇到碗。

不过，吃龙虾还是以简单直接的吃法最痛快淋漓，而且，吃龙虾成了一个独立完美的饮食动作，一个人从决定吃龙虾，一路去市场买龙虾，到回来煮龙虾，吃龙虾，都可以百分之百专注投入，就像全心全意等待一次激情的爱恋。

煮龙虾适合配拉丁爵士，那种节奏欢乐、激昂，只有 Buena Vista Social Club 的音乐能搭配。大火煮滚水，煮它五到八分（看龙虾大小）取出置盘，旁边备妥龙虾夹，洗干净手指，就可以大快朵颐，吃龙虾就是这么简单直接，粗野暴力，没有什么斯文教养或气氛。

蟹肉说起来比龙虾细致鲜嫩，但吃蟹需要耐心，还得小心，也总是很难大口吃个痛快，一不小心就被尖锐的蟹壳蟹脚割伤唇舌。没有好心情同合适的伴侣，就不轻易吃螃蟹，多半是因为懒。清代袁枚自称“蟹痴”，做官不到没有蟹的地方，平日存钱就为九月十月“蟹秋”的狂食，有个家佣善于理蟹，竟给她改名“蟹奴”，也是走火入魔。

有次在往尼加拉瓜瀑布的路上，开车经过水牛城，那里的雪花据说是全美国种类最多最美的，雪花式样繁复、结构工整，每一片都独一无二。在水牛城的大湖边上吃了两样美味的小食，一是奶油烤蛤蜊，透明澄黄的奶油在鲜美的蛤蜊里，把舌头都融化了。后来吃了意大利酿蛤蜊，以面包屑、蒜蓉、奶油（或橄榄油）、香菜镶入半开的蛤蜊里烤，也是香酥美味的做法；青口（蚵）、大虾、田螺，都可以用这样的方式做，法式烤田螺大家都熟悉；此外香菇或朝鲜蓟以同样的馅料酿烤，就是南欧极其家常的蔬食经典了！

另一道带点辣味的水牛鸡翅，烤得香酥炽烈，吃得满嘴油腻，也是三姑六婆聊天聚会的场合里极受欢迎的食物。

肥美丰盈的贵妃蚌，用锡箔纸密包，放烤箱里烤个天昏地暗，吃的时候完璧无缺，原汁原味；港式的蒜蓉粉丝清蒸亦十分令人垂涎，一般人在家做不易掌握火候，况且香港的海鲜一向以生猛鲜活闻名，真的吃遍天下无敌手。

蛤蜊巧达（clam chowder）是过去纽约生活的居家浓汤，有蛤蜊肉加马铃薯、红萝卜、芹菜、少量面粉与鲜奶做成的波士顿白汁巧达，或者以西红柿代替牛奶的曼哈顿巧达。巧达本是渔夫的家常菜，主要是咸猪肉或培根与洋葱炒香加入两匙面粉，略炒后加入牛奶（或西红柿）作为基本汤料，可以加入任何海鲜肉类或蔬菜成为各式巧达，比如常见的玉米巧达。

住家附近韩国店卖海鲜的夫妇都知道我嗜食贵妃蚌，特地教我韩式吃法，用大火把蚌壳蒸开，取肉，切丝，拌鸡蛋煎成饼。可惜，蚌在煎蛋里无法完全发挥本色，也吃不到汤里那份绝美的鲜；还不如切丝后加橄榄油（或奶油）、蒜蓉，小撮豆蔻粉，半杯白葡萄酒，加上蒸蚌的汁，切细的蚌肉，缀以罗勒，调制成鲜美的白汁意大利面来得出色。

同样的方式将蛤蜊、墨鱼（切细）、青蚵、虾子洗净炒熟，加入煮过的意大利面条，调味后撒些罗勒，就是丰盛的渔夫意大利面了（spaghetti alla pescatora）。

爱上烤鱼，是在伦敦居住的那些时日。英国是个岛国，海产丰富鲜美。住处附近有个土耳其人开的馆子，冬天在城里看完表演，搭上十九路公交车，蜿蜒经过伦敦最美丽的城区与街道，一路来到店门口，专为吃鱼。这种淡水河鱼有滑溜溜的身体，粉红色的肉，修长的身形，真像个美人鱼。小说里经常提到，因为它的普及，好像主角出门去钓鱼，总会有这种鳟鱼（trout）被钓上。它的骨头柔软细致，整齐乖顺地贴附在鱼身，从鱼尾端托起，就和身体温柔地分离，毫不拖泥带水，刺多，却可以干净利落地剥离。

这家店过了晚餐尖峰时间客人不多，主人兼厨师定定坐在烤架前，以足够的耐心和工夫用最适当的炭火，为客人烤一条完美的鳟鱼，鱼皮滋滋作响，发出痛苦难耐又欢喜异常的颤动。主人一边翻动着架上的鱼，一边把烙饼烘热，同时用熟练的手法切洋葱、黄瓜、西红柿，拌点柠檬汁、橄榄油，偎在烤好的鱼身边。

有时大冷天看完电影，直奔那个炭火殷红的馆子去，好像被那里的温暖召唤。等着上菜的时候，店主女儿总是适时送来一盘开胃前菜，包括葡萄叶卷米饭、菠菜酸奶酪、骚沙、烤茄子、荞麦色拉，以及我最爱的酸酪鱼子酱（taramasalata）与鹰豆芝麻酱（hummus）。

烤架旁总偎着热腾腾香喷喷的烙饼，烤好后放在碎花小藤篮里，生活尽在那种从容与丰盛之中，每一次酒足饭饱便心满意足地在心底欢唱：生活真好，食物真好，感谢上天！

真正要感谢的其实是那位厨师。八月一到，他带着四个宝贝女儿和妻子回土耳其度长达两个月的假，我就开始叨念并期盼他的早归，都不知道是恋着这么专情于食物、执着于烹饪的厨师，还是被他手下的鳟鱼、烙饼和那一碟碟小菜所吸引了。

这一场爱恋，持续了四年，如果继续住在伦敦，恐怕就要情陷那家土耳其馆子了！

英国最普遍的海鲜是苏格兰鲑鱼（salmon），以及典型的国食炸鱼排配薯条（fish and chip）。鳕鱼（cod）和面包粉炸成扁扁的一大块鱼排，干燥乏味，吃时总是需要调味酱汁，跟肯德鸡炸鸡一样，都是一种普罗快餐，而且遍及世界。到香港也依然有这样的鱼排，抚慰了不少当地英国人的思乡肠胃，他们大部分是那种早餐必吃茄汁焖黄豆，面包涂橙酱的典型英国人，到哪里都不会改变。黑妞名模娜奥米·坎贝拉在纽约的时日，必得去格林威治村一家卖英式早点的咖啡店吃他们的茄汁焖豆。

香港活鱼种类繁多。其中鳜鱼长得秀丽，纹路也美，姿态含蓄。有些鱼丑陋邪恶，眼睛是凸的，嘴巴是斜的，并且还长着利牙，有的腮帮子宽大，额头尖细。还有叫飞刀鱼的，果真像江湖传奇中的神秘武器。看来看去，鳜鱼最上相，看的时候一边也想起“桃花流水鳜鱼肥”的诗句，江南景象不由浮上脑海，明明不识江南，却还无端惆怅。江南好，江南好，风景旧曾谙！

因为馆子里随时可以吃到各式的清蒸活鱼，在家里便用香蕉叶或莲叶（没有的时候用铝箔），在鱼身上洒满柠檬汁，一匀鱼露，几枝香茅或几片莱姆叶，三五朝天椒，加点油，把鱼裹起来，中间留些空隙，放烤箱里375度烤二十分钟，打开来就是扑鼻的芳香，鱼肉在香茅莱姆叶的浸淫下再没一点腥味，只有让人忍不住惊喜的芳香鲜美。

一样的方式，改以白葡萄酒与切片的大茴香茎，一样可以烤出另一番南欧风味的好鱼。这道菜式简单易做，再懒的人都保证可以在家享受一顿非凡的美味，只要确定能买到一条鲜美帅气的活鱼！

南法名菜马赛鱼汤已经普及到香港，铜锣湾就可以吃到。新时代的全球化口味，最得意是“无国界”。餐馆之无所不有，看不完的菜单，尝不尽的口味，如纽约之“Asian Fusion”，来客多半是在可乐汉堡里滋长的年轻人，真有吃遍天下的壮观与热闹。虽然什么都不地道，但什么都可食，也样样都美味。

一九九七年之后的香港，饮食业风起云涌，风味小吃遍布港岛，几乎让人迷失在大江南北的各式口味里。从杭州馆子出来，吃了戴着透明塑料手套以手指剥食的笋子；或是从四川馆子出来，舌头被花椒辣得如着火一般，口水鸡、水煮牛肉、夫妻肺片让人喉咙冒烟，热血沸腾，一时昏头转向，真的不知身在何处，必得看到捞面、馄饨才会醒悟过来！

这是一九九七年过渡以来的辉煌成就，肠胃的全面中国化，此时再回头看那些鱼蛋捞面，不免感到单调乏味惨淡贫瘠，一颗爱民主爱香港的心一下就被食物收拢了！

其他还有满汉居、小南国、花满楼、满江红、吴越之间、大平伙……经常走过中环烧烤老店蛇王芬，无论如何难能拼搏后进的吴越之间，这是香港的饮食革命，餐饮业空前绝后的角力。从前的捞面、鱼丸、花枝、鱼皮，逐渐就失去神色。

不仅如此，安东尼·伯尔顿和他的摄制组也来到港岛，通过报纸征求读者给大厨师的建议，尝试什么香港菜色，让他吃个惊喜。电视上奈姬拉·劳森、吉米·奥力维，也风靡到此地的媒体，全球化就是大众化，逐渐侵蚀地方特色与风味。

文明人来到香港街市，看见生猛活跳的活鱼海鲜，现买现杀，活生生的一条鱼，当场暴毙在鱼贩凶狠准确的刀背下。血淋淋剖心掏肺，刀斩斧切，摊开的胸腹，还有一颗猛烈跳动的心，便以为看到了所谓第三世界，无不举起相机争相猎奇。

有些鱼拒绝被吃，刮了鱼鳞，掏了肠肚，摘了腮帮，没心没肺，却还顽强凶猛，被提着回家的路上，还在袋里做临死的最后挣扎，提袋的手被抽搐抖动的力道拉扯，有如鱼的抗议示威、诅咒谩骂，心里免不了感到罪恶、愧疚与惊惶，让鱼这样惨死，都只是为了满足私己的口腹之欲。

生存活命，如此野蛮残酷，但吃是基本，而且原始，再文明都无法不吃。怎么吃？吃什么？

根据报导，保护海洋养殖与平衡的目标尚未到达之前，鱼在人类的未来世界里即将成为罕见而珍贵的奢侈品。亚洲有十亿人口主要从海鲜的消费里获取动物性蛋白质，占世界海鲜捕获与消费的一半。白令海峡的鲱鱼，纽芬兰岛的鳕鱼，太平洋鲑鱼，捕捞量超过自然繁殖的四倍，百分之七十的鱼类资源即将告罄。大量氮与磷的污染，导致海藻大量繁殖，吸纳鱼类生长所需要的氧气，二十年不到的未来，就将没有鱼可吃，嗜食的人类不得不多警惕！

东坡无肉也嫌，无竹也俗，难哉！叫我如何不想鱼？

第七章　牛排大餐

牛排大餐

在二十世纪八十年代的美国社会，肉食是一种国力强盛的表现，八盎司大块牛排标示的是政治强权与经济挂帅的美国强势概念，牛排代表的是财富与国力；在政治正确的二十世纪九十年代，道德至上，杀生不仁，素食是文明、是健康；在二十一世纪，有机耕种与基因改良不只是健康、生态，还关系着环保、经济与政治的议题，饮食也已成为时尚与潮流的一部分，胃口一样需要追赶潮流。

超市里牛肉种类繁多，新鲜又便宜，当时的宴客菜单经常是一长条气势雄伟的烤牛排，用以酱油、蜂蜜、蒜蓉、胡椒调制的酱汁腌过，华氏 375 度 45 分钟烤得金黄油亮，是鲜嫩多汁的标准七分熟。往烤盘里的剩汁倒杯红酒，加些调料勾芡当肉汁（gravy），再煮上一锅马铃薯，当八分熟的时候滤干水分，抹上牛油，撒些迷迭香，偎在牛排边被烤得金澄璀璨，香气四溢。这牛排一直吃到后来自己也觉得饱腻，才开始思考肉食与胆固醇、高血压间的关系之类的健康问题。

在美国第一次过中国年，马可的犹太妈妈很慎重地给我烤了一大块小羔羊排（lamb chop），整整有一斤重。她在羊排上撒满蒜蓉，用慢火烧炙，不时翻转并以鲜柠檬汁滴洒，几个回合后，烤好的羊排皮酥肉嫩，油脂尽除，刀叉一切，肉颤汁流。那肉味之鲜美，咬下之后滋滋有声，肉香四溢，肠胃一时大受滋润，禁不住感怀上天赐予如此美食，一边向着无辜的羔羊告罪自己的贪馋。

从此以后，发现新鲜羊肉并不腥骚，只有老羊肉（goat meat）和不新鲜的羊肉才带着腥膻。居住伦敦之后，苏格兰高地所产的羔羊肉让我隔三差五就会烤上一只羊腿（leg of lamb），添加蒜蓉、柠檬汁、孜然、辣椒粉、普罗旺斯香草都可以入味；有时随手放些花园里新鲜摘采的迷迭香（rosemary），这植物极其耐寒，色灰绿冷如霜，均匀铺在羊腿上，烤热后羊脂渗入微辛又醒味的迷迭香，是令人垂涎的地中海风味。

香草烤肉的滋味与东方酱油糖醋截然不同，有如肉食里一点诗意与清香；酱油是一种渗透到东方肠胃里和神经纠缠不分的惯常口味，根深蒂固；是以，当烤肉里发出香草的芳馨，味觉就开启了另一个崭新的旅程，味觉经验又延伸了另一个新领域，人生因而又多一重感官愉悦。

一只羊腿大约都有十几磅重，总也要约上几个朋友，备妥几瓶红酒，烤些小马铃薯，做一大盘色拉，一道甜点，吃个痛快淋漓。欧洲人习惯用薄荷酱拌烤羊肉，清凉去火；以烤羊肉汁加红酒勾芡调制的酱汁（gravy）近似东方口味，最能衬出肉质的鲜嫩多汁。

烤肉的同时（不论是烤鸡鸭牛羊），总也顺便在烤箱的空隙里随意扔些茄子、红椒、青椒、洋葱、西红柿或任何适合烤的蔬菜，如南瓜、栉瓜、大葱、芦笋、大茴香茎（fennel，横切成片）、苦苣等等；一般375度华氏下，45分钟左右即熟；取出后，有皮的去皮，有籽的去籽，然后切了或撕开，淋下橄榄油、巴森米克醋（意大利陈年醋），加点蒜蓉与罗勒就是绝佳的开胃菜。

慢烤出来的蔬菜有一种软柔香醇的甜润，和炒或煮或蒸的生脆都不同。烤的菜保存食物本身最天然的本味，如女人含蓄矜持的内在美，只在吃的时候从舌尖漫延开来，让人惊喜它在丝毫无损本色之外又多一份沧桑与温柔，那正是菜的甜汁经过烘烤提炼后浓缩的精华。

烤蔬菜的焦甜味，足以让简单的一条瓜，平凡的一颗椒，一根茄子，脱胎换骨成为人间美食，蔬菜再也不是蔬菜，而是一种质感软韧甚至堕落颓废的风华食品。

有一道常做的宴客开胃菜，用的是灯笼红椒，对切后去籽，塞入切片西红柿，撒上蒜蓉、胡椒、盐、续随子（caper）与橄榄油，用350度中温烤一小时，所有调料交相渗透，烤好的椒柔润鲜美，西红柿的果酸混合着椒甜，是一道色泽浓艳、口感丰盈的食物，华丽气派，简单容易，菜汁蘸着面包，纯然是阳光大地的美好滋味。

俗话说：英国人宰羊宰两次，第一次取其命，第二次取其味。但凡吃过英国菜的人，都能领教他们过度烹饪食物造成的干燥乏味，因此英国菜依赖酱汁调味，而马铃薯泥加肉汁就成了绝配。吃肉没有酱汁对英国人来说，就像吃面包没有奶油、果酱。

在英国不吃牛肉，更正确地说是不吃英国牛肉，这里曾是疯牛症病例最高的欧洲国家，疯牛症几乎被认定是英国特产。其实，德国、荷兰、法国、西班牙、葡萄牙、美国、加拿大都有疯牛症，大家还是一致怪罪英国，合力抵制英国牛肉。

疯牛症是因为以屠牛剩余的牛骨与杂碎磨成粉末当饲料喂

给牛吃，造成一种病菌在牛身上衍生。本来是牲畜之间的疾病，不应该扩散到人类，但不幸人类竟然也可以经由进食感染病毒的牛肉，而患上原本只是牛所生的病。人一旦感染疯牛症，器官慢慢就会损毁，脑神经开始受到破坏，终至无救。

冷天里烤肉是身体与肠胃的双重温暖与慰藉，厨房暖融融地洋溢着肉香，肠胃咕噜咕噜地聒噪着。那是伦敦漫漫长冬里最贴心的回忆。那些日子，经常和朋友在爬满玫瑰的玻璃屋里，看着窗外的荷花池，喝着饭前酒，然后，厨房传来烤箱叮一声，提醒你等待的佳肴可以出炉了，那种欣喜和贪婪，回想起来都还会咽口水。

回到亚洲热带，肠胃也随气候变化，偏爱清淡食物，闻肉味已嫌腥重，所有的肉与油都是那么黏腻浑浊沉重滞闷，热天看街市的肉更有一种蛮荒景象，吃肉就得有更进一步的决心！而且，在亚洲，牛羊肉多半是从美国、澳洲、新西兰进口，冷冻的肉质不佳，新鲜的空运抵达价钱昂贵。吃一块肉如此大费周章，已经不合当今的健康美食理念了。

不是不吃，是能不吃就尽量避免，也是一个饮食健康的好原则！

第八章　豆腐情痴

豆腐情痴

有一种口味糅合着记忆与情感，味蕾神经之外还有影像与气味，温度与光影，比如青菜豆腐之根植于我的灵魂肉体。

小时候在外省同学家，第一次吃草菇煮豆腐，撒点麻油香菜，清鲜爽滑，有如神仙美食。即使在三十年后的今天，还能记起那一道草菇豆腐在我舌上的骚动，其他什么在场人，说了什么话，一概没有记忆，只那一道草菇豆腐历久弥坚。

小白菜似我青梅竹马的恋人，不论在哪个城市的街市，潜意识里总是在寻找，在渴求，特别是从异地返乡时，在老远的路上就想着那清甜的气味。家乡地里经年种着，撒了种子，两星期就发出一片鹅黄嫩绿，如果狠下心也可以就拔了吃它，那甜中带着甘和苦，与豆腐的清纯如天作之合。

我一路寻来，甘心等待，中国城不论伦敦或纽约都有中国白菜，也许由于土壤、气候不同，它们长得粗枝大叶，没有小时候母亲菜园里的那份娇白嫩绿清脆甘美，生活里新尝到的菜种也不少，但对白菜的那份失落感一直也没能填补。

二十世纪六七十年代，台湾所谓的留学生文学里，没有人不思念豆腐，生活中不分贫富贵贱都能享受它的纯净与素美。离乡经年，无由滋生了豆腐情结，念豆腐，恋豆腐，几乎成癖。一旦回到亚洲街市，看见方板上摆着新鲜豆腐，不管吃或不吃，就需要买它一块心里才感踏实。经常买豆腐而又未必总是吃，就陷入不知如何处置的境地，朋友于是建议放冷冻库里做冻豆腐，吃火锅、红烧肉都可以加进去。但那已经损毁豆腐的质地，而且冻结的豆腐化解后，就剩下老而乏味的干渣。这买豆腐的情结，也曾尝试要戒，总也没有成功，到头来总有一番辜负美食的歉疚。

有些食物很难喜欢，有些食物让人忠心耿耿，豆腐想必是君子最爱，我若吃不到豆腐就魂牵梦萦。豆腐又是那么清白淡雅，如果不静心，不专情，就吃不进去豆腐的内在。豆腐像一些气质超凡的女子，不是一眼就可以发现她的内涵的，而是日渐生情，不知不觉，发现的时候已经不可自拔，往后便难分难舍不离不弃。

人的一生里，当有一份感情如豆腐，清淡如水却是越久越纯粹。

许多喜欢吃豆腐的西方友人，多半也都精于中国美食，他们都懂得什么是美德，什么是巧言令色，识得豆腐的慧质兰心。

纽约的新鲜豆腐是在韩国人的蔬菜店里卖的，一块块放水里，硬邦邦的，不嫩也不鲜；或者在超市里装在塑料盒子里卖，加了防腐剂密封起来，一两星期放冰箱都不坏，也有注明不加防腐剂的，但一泡清水又如何维持豆腐的清新纯洁？

纽约上州有个艺术家居住的小村子，音乐家、画家、雕刻家在那里依各自的设计盖自己的房子。匈牙利朋友莎莉的房子客厅中间是凹下去的一个大方形场地，四周的边就是座位，有一堵墙和一扇窗是收集的各色玻璃瓶砌起来的，光从那里透进来就成了绿色蓝色棕色的琉璃色彩，梦幻至极。

莎莉每星期三下午收到邻近艺术家送来的自制豆腐，那是她固定的豆腐日，拌芝麻酱或煮味噌汤；其他，星期二吃一根鸡腿，星期三吃五谷杂粮，剩下的日子吃苹果红萝卜花椰菜蘸胡玛斯酱（hummus，芝麻、鹰豆加柠檬、蒜头、橄榄油与孜然粉打成的糊酱）。莎莉活到九十二岁，精通《易经》，热爱过中国年。

上西城百老汇街七十二街口，上世纪八十年代有家四川帝国，用芝麻酱拌豆腐以及茄子，就是两道非常热门的菜。那时爱芝麻又爱豆腐，加在一起爱到心坎里，大冷天排队站在寒风中等上二十分钟也心甘情愿。

伦敦朋友来电邮说她在家用盒装豆腐里的水加菠菜做了汤，特别清香。听了神奇，这么清白的食物，恐怕也需要吃的心境。我一直没试，当是偶然听过不可重复的一首禅诗。

在日本友人苏米家吃豆腐，一小方块豆腐如玉般在瓷碟里，缀着绿色的抹茶粉，撒着切丝的紫苏，几滴酱油露，墨黑与黛绿，诗意而美丽，尽显主人细致的心思与美感。

摇滚乐团取名“豆腐玛菲亚”（Tofu Mafia），这么柔软嫩弱的食物却跟黑手党的黑帮形象并列在一起，说明的正是豆腐在现世的“酷”，以及食物之意识化：如汤之名为纳粹（Soup Nazi）。饮食之政治化又称食警（Food Police），快餐如麦当劳，反过来声称自己是食物警察偏执引导下的受害者。

纽约东村的荞麦馆，将豆腐与芝麻磨在一起做成芝麻豆腐，型似腐乳，味道却综合着豆香与芝麻，质感细致绵密，已是豆腐之外的新创物种，吃过了才明白豆腐之清纯洁净，无物可以取代。

有朋友嗜食豆腐，仿 BBC 热门的音乐节目：如果一个人必须去一个荒岛求生，让他选择三样必备的物品，朋友选了书、音乐和豆腐；什么都没得吃而又必须吃，大有种舍豆腐其谁的简单与壮烈。

中国人吃了两千年豆腐，说起豆腐的起源，不过是一个好吃的媳妇，看着翁家前脚出门去，她后脚偷偷倒了豆浆在缸里，那缸里不巧盛着酸菜汁，无意间造就了美食豆腐。以为应该是庙里高僧或修道之人的神仙食品，原来如此寻常，不若日本乌冬面为僧人食品，充满禅机与诗意。

有人发明家用制豆腐机器，只要把洗干净后隔夜浸泡的黄豆放进机器里，加适量的水，开启开关，出来就是现成可食用的豆腐。不知道一般人吃豆腐的次数，大概可跟夫妻的床笫交合比拟吧！一周两三次，或两三周一次？豆腐也是那种一段时间没吃就若有所失的食物，在没有新鲜豆腐的城市，想豆腐也可以害相思！

古法做豆腐极其繁复，磨豆子是一番功夫，煮豆浆需要全神贯注，还要不停搅拌，否则锅底容易烧焦，而且豆浆沸点低，一沸腾就溢出锅外，分秒也不容你怠惰，后头还有滤豆浆，挤豆渣，压豆腐等等繁复手续。豆腐这东西生生世世要吃下去，生活里这样的东西也不少，总也没有什么东西像豆腐那样，吃不到就知道是离家既远又长的缘故，因而也生了千丝万缕割不断的乡情。

胡适少年离家求学，写家书向母亲报平安，提到豆腐，他在信的开头这样写着：

吾母：

自从昨天起，我每天早晨喝豆乳精一瓶，此物即是豆腐的浆，近年由学者考验知功用等于牛奶，有大学生物学讲师李石曾先生发起一个豆食厂，所出豆浆制造极干净，我所吃即此厂所造的。

大学时代有个天天到女生宿舍门口痴心守候的男子，父母要送他去巴黎留学，他在学校里读的是法文系，人特别帅但非常孤僻，跟法文有类似的习性，他出自一个文人世家，那时一般人都要去美国，他却独独向往欧洲。

其实，欧洲距离我们比较近，连着一块欧亚大陆，火车一直可以坐到北京，继续南下可以坐到广州，再下来就是香港九龙塘了，剩下的只是香港台湾之间短短的一个海峡；美国到台湾很远，但那年头牛仔裤、可乐、流行音乐、好莱坞电影都先后攻占了我们的思想与肠胃，以致感觉上我们与美国离得近。

那名要去法国留学的美男子，一心想说服我毕业后跟他一起去巴黎。

那时不懂法文，也没认为会用心去学，对巴黎缺乏了解，仿佛只记得有一部费·唐纳薇主演的电影叫《巴黎落雾》，灰蒙蒙的大雾里，费·唐纳薇凄迷忧郁的眼神。但那并不足够引领我向往那里的生活，进而进入那一个国度。那年纪对未来还没有清楚确定的去向，茫茫然地就问那个一心想要去巴黎的男子：去巴黎做什么呢?

卖豆腐！他就这么说，严肃正经。

结果，两个人的关系一直没有发展成气候。归根究底，和卖豆腐那样的志向多少也有点关系。当时既无法认真将它当一回事，又不够幽默到足以欣赏他的举重若轻，那大概也就是所谓的缘分了！

出国卖豆腐当时也许真是某些有理想的年轻人之远见。豆腐可以当国宝，它是中国人伟大的发明之一，像法国的奶酪、意大利的比萨一样，是可以向全世界推行的风味美食，清心寡欲不食人间烟火，吃的人也有仙风道骨似的，带着灵气。

美国作家朋友伯恩斯坦就是个豆腐痴，最爱芝麻酱拌豆腐，他吃中国菜，后来也娶了中国妻子，虽然这之间与豆腐并没有绝对的必然联系，但起码，他懂得欣赏豆腐与女人！

终于，我又回到了一个有新鲜豆腐的城市，街市离住处十分钟下坡山路，卖豆腐的女人家，兼卖黄、绿豆芽，也卖豆腐干、炸豆腐、考麸，没事的时候她就坐在矮板凳上挑黄豆芽，总是穿着素色衣裤，跟豆腐一样简单朴素。只有买新鲜豆腐这样的事，在四方羁旅的生涯中，带给我从未改变的喜悦。在西方买不到温热的，颤颤巍巍的新鲜豆腐，回到亚洲，在街市里闻到豆腐清香，总感到那是一种召唤与诱惑。

Pecorino di Pienza

第九章　高丽菜的形象

高丽菜的形象

在捷克作家赫拉巴尔的《过于喧嚣的孤独》里，死了母亲的男主人公没掉一滴泪，烧了母亲的尸体，捧着骨灰，见了他舅舅即母亲的哥哥，想起母亲爱吃甘蓝菜，就把骨灰撒些在甘蓝地里，长出的甘蓝也吃了。

食物、记忆、生和死，一株平凡的甘蓝菜牵系世代亲情。这甘蓝菜是欧洲的说法，在亚洲我们称高丽菜、包心菜或洋白菜。

小时候油水不丰，炒高丽菜需要加水焖出一堆汤汁，那汁里有特殊的甘甜，就像穷日子里给灵魂的一点慰劳似的。那一点甘甜在离家千里的异地他方，不经意就在味觉里勾起乡情，从舌根味蕾那一点清甜的刺激开始，弥漫到童年记忆。

乡下菜田里采收高丽菜的时节，总是带着过年的气息与春日将近的欢喜期待。菜田里来了粉蝶翩飞，地里发出腐烂的高丽菜根味。整个冬天，屋子角落也堆着高丽菜，三月的空气里还萦绕着那种腐烂的甜味。

因为普遍、廉价，经常吃太多，吃伤，吃怕，到了没得吃时，又不自觉眷恋，它就是如此素常，难登大雅之堂，请客宴会，少有人用高丽菜入谱。这是高丽菜的形象问题，与马铃薯同病相怜，都是困顿的日子里，每餐少不了的食物，那种与贫穷困顿纠缠在一起的寒伧滋味，伴着童年一起驻进味蕾与记忆。

高丽菜如此普遍，从中国北方到南方，从日本到中亚再到北欧、中欧、南欧、美洲，高丽菜以不同的菜式呈现出不同的风味。关东煮里的高丽菜卷，和萝卜、鱼丸、炸豆腐煮成热腾腾一锅，吃的时候蘸点甜茄酱，是小时候经常吃到的殖民口味。俄国人的罗宋汤，需要高丽菜；美国的街头热狗，少不了芥末美奶滋以及加醋做成的酸白菜；四川人的厨房里恐怕都有一大罐生脆酸辣的高丽泡菜。

在英国朋友家吃用传统维多利亚时代的方法烹煮的高丽菜，先用白水煮开，倒掉水分去除所谓的苦味与韧劲（bitter and stringy），加水再煮，最后放奶油与胡椒、盐调味。英国朋友声称：这是最经典的煮高丽菜方法，也最软嫩好吃。起先无法领教这种熟烂乏味的高丽菜，看了就令人沮丧。后来才明白：绝大部分欧洲、美国的高丽菜，又粗又壮，味苦质硬，像人造橡皮，几乎需要一个能反刍的牛胃来消化，完全没有台湾高丽菜的生脆清甜，怎么煮怎么好吃。只有偶尔从西班牙卖过来一种圆锥体形、头大尾尖的高丽菜种，可以和台湾的高山种媲美。

在匈牙利街市看过专门切高丽菜的机器，高高的架势，像小时乡下筛稻子的风鼓，一个大大的肚子，朝天张着一个大口，农夫们把高丽菜扔进去，出来就是一丝丝的碎高丽菜。为了过冬，东欧人晒干了高丽菜丝做腌酸菜（sauerkraut），与陕北吃到的酸白菜几乎是一样的口味，东欧人拿来做炖肉配菜，德国著名的酸高丽菜炖猪脚，吃起来非常的中国北方。

高丽菜卷大概是唯一比较考究的吃法了。坐火车行经西伯利亚，在途中的月台上，吃到高加索妇女自制的高丽菜卷，将调味的碎肉卷进高丽菜叶里，铺上一层酸泡菜，用茄汁与高汤炖煮；南欧的高丽菜卷，里边的碎肉拌了浸过的生米，添了醋，跟俄国式的高丽菜卷风味相近。基本的高丽菜卷是将米饭泡软，洋葱炒香加入碎肉、米、盐、调味料（随自己喜爱调味，法式、意大利式、泰国式、南欧式，随意加上自己喜欢的香菜）卷入开水烫过的甘蓝菜叶里，用西红柿汁加柠檬汁文火慢煮一至两小时，一道毫不张扬又温暖人心的高丽菜卷便做成了。

把高丽菜蒸熟了，一叶叶摘下，去梗，用来卷烫过的去水的菠菜，横切成寿司一样的圈圈，外面晶莹的浅绿，里面深浓的墨绿，浇上酱油、香油、蒜头、醋调成的汁，再撒点香菜芝麻，便是一道清新可喜的开胃小菜、宴会小吃。

麦当劳店里用来配炸鸡块或热狗的芥末高丽菜色拉（coleslaw），是初到美国就被人教会的一道佐菜，是生吃高丽菜值得推荐的方式。做法也简单，把洗干净的高丽菜，去梗切丝，加盐略腌，去水分后调入适量的美奶滋、芥末酱、蒜头、醋、胡椒盐就成了，夏天烤肉、配猪扒、牛排、鸡腿都是最佳拍挡。

创意新料理（Fusion）的做法是加入咖哩的热辣、木瓜丝的异国情调，以及薄荷的清凉，这是新派厨师令人惊艳的创意，让甘蓝菜终于有机会扬眉吐气。

日本餐馆也常有将高丽菜、红萝卜切丝，拌米醋、香油、蒜头、盐的清爽吃法。腌过的酸高丽菜（sauerkraut）配美式黄芥末，是吃热狗的经典口味，没那份酸高丽菜，就像吃汉堡没有西红柿酱一样，怎么也不地道。只是，热狗、汉堡的辉煌时代已经式微，这些小佐菜也不曾有过什么风光时日。

泰国人用高丽菜加青椰与四季豆或芦笋，猛油烈火炒后加鱼露莱姆汁辣椒，上铺腰果，撒满香菜，便是一道火辣带劲的家常小炒，让高丽菜生香活现；北台湾阳明山竹子湖一带生产的高丽菜久负盛名，用香油蒜头辣椒加点糖醋烈火快炒，是一道掌得火候就可以出神入化的简单食谱，炒出来的菜生机盎然，吃在嘴里，嘎吱有声，香辣脆爽，十分够味，就像遇到辣妹时让人心惊肉跳的欢喜。

水芹生猛，茄子随和，洋葱泼辣，马铃薯老实，苹果甜美，无花果堕落，草莓极具诱惑，西红柿有魅力，黄瓜清纯，苦瓜抑郁，木瓜孤僻，而高丽菜是谦卑温和低调又健康的养生蔬食，和胡萝卜、花椰菜同称防癌三剑客，一点也不可小看。

有一种叫布鲁塞尔芽（Brussels sprout）的迷你高丽菜，长在一根菜心上，密密麻麻一大串，摘下来便是一粒粒小小结实顽固的小甘蓝。这是英国人在圣诞节必定要吃的一道菜，从甘蓝底部中心切开一个十字，开水煮烂后，滤掉水分，擦干（英国人煮这道菜非常认真，擦干小甘蓝的布，甚至还有特别的名称叫“rubber”），最后调上奶油、蒜蓉、胡椒、盐，讲究一点的将它捣成泥，口感味道都温和许多，样相也特别。这个小布鲁塞尔芽苦里带甘，也是极有个性的一道菜，英国小孩怕吃小布鲁塞尔芽，与美国小孩怕吃青椰菜一样，大概都是小时候被父母逼迫过度的逆反心理，平白冤枉了无辜的芽菜。有趣的是：不论在美国或英国，居然有不少父母从小逼迫孩子吃青椰菜、菠菜、小高丽菜芽；美国的布什总统还曾因公开承认不喜欢青椰菜，引起全国妇女震怒和抗议，因为他助长了小孩拒吃青椰菜的声势，带头做了坏榜样，而这三种青菜是公认的超级营养蔬菜。

有阵子恐怕是因为吃多了小布鲁塞尔芽，正巧需要订机票去布鲁塞尔，打电话给航空公司开口就说：有没有某某日伦敦往布鲁塞尔芽的机票？

对方一本正经地问：你是要去布鲁塞尔还是布鲁塞尔芽？让我看看地图找一找这个芽是长在什么地方。然后回复我：我只卖去布鲁塞尔的票，你要布鲁塞尔芽请到超市去购买。

自此，每到吃布鲁塞尔芽的时节，也总联想到布鲁塞尔，两件事从此纠缠不清。

大白菜与高丽菜同病相怜，都因它们在困顿的日子里陪着劳动人民度过艰苦的岁月。改革开放之前的中国，冬天没有蔬菜的季节里，家家门前砌着一堆灰黑的煤球，一堆革命的白菜。

孤陋寡闻的我，早年在纽约请中国朋友吃晚餐，鱼肉色拉之外，还有一大盘烤白菜——我的招牌菜，以香菇、蒜蓉将白菜略炒，留下菜汁加上浓奶酪（double cream），调两匙面粉，加盐、胡椒，用华氏375度烤45分钟，表面一层金黄香酥，里边香糯稠润，入口即化。一般奶油白菜不过在表面上给白菜披了一层奶香，奶归奶，菜归菜；烤白菜却能彼此渗透，肉汁乳香浸入清甜的白菜里成为丰盈的美味，就如将一个清纯的少女转成丰韵十足的少妇。

受邀前来吃晚餐的这位刚从中国到纽约的中国朋友，看到桌上的大白菜便摇头叹息：还没吃够白菜吗？他想起北方的冬天，年年岁岁什么也没得吃，除了那一百零一种白菜。

我恍然知觉那一道白菜对中国客人是一种讽刺。但是菜很无辜，我也无心。庆幸的是：饭后朋友立刻就央着妻子向我讨教食谱，说是从没吃过这么美味的白菜。

许多人热爱这道烤白菜，称它是一道蚀骨销魂的美味。如果有菜是性感的，肯定是烤白菜这道口感绵柔、香甜的菜式，用整个冬日的气息，饱含甜汁的记忆拥抱灵魂的空寂。

每个人对待食物都有自己的意见，就像对待女人或男人，都有自己的观点与口味。有的男人喜欢肉感的，有的欣赏骨感的，有的喜欢女人身上的气味，有的欣赏对方的长腿、酥胸甚至迷恋脚掌。谈食物也难以避免谈性，都是感官欲望本能，灵魂与肉体有同等的需求与饥渴。是以从来不愿低贬食欲性欲，好胃口多欲求，都是健康的显示，快乐的基本。

这道不中不西也来处不明的烤白菜，是1979年冬天在杂志社同事家里学来的。她是北方人，嫁入名门世家，有专人掌厨，这道白菜据称是家传绝学，记得那时用烤箱的家庭并不多，但几乎所有著名饭店里的港式茶楼都有这道点心，放在一个小烤碟里，一人一小份。

好多年来错以为是一道港式茶楼里的菜式，一直到居住香港多年才知道，当地人都没听说过这道菜，茶楼里也没有这道点心。但在台湾的港式茶楼里，这道菜几乎是饮茶必点的经典菜式，奶油入菜不是台湾的传统，这道不中不西、亦中亦西的烤白菜从何而来，至今未解。

这是一道谁都可以将它烤得香润浓郁的宴客佳肴，平日里家常享用也非常阔绰，拌着马铃薯泥、意大利通心粉、米饭，都有香浓的法式口味。从这里衍生出来的有：烤苦苣（chicory）卷培根，烤白菜大葱，蘑菇奶油白菜，白菜鲜奶酪炖小牛排（veal）等等。小牛排先要煎香，也可以用猪肋代替，加入白菜浓奶酪，面粉调匀，慢火烤上一小时三十分钟，不仅是肉化在奶汁里，吃的时候舌头也融进菜香里了。

白菜烤蘑菇，一道从德国吃来的烤野菌的变种，之所以有这样的创意，原是伦敦的野菇鲜少而且昂贵，于是变通性地加上白菜与大葱一起烤。到了香港，街市里的鲜菇种类繁多，香菇、草菇、金针菇、鲍菇……买它几样，切了后用蒜蓉炒香，用白汁烤成绵润香稠的汇菇，妙不可当，让爱菇的人吃了要着魔。

菇是鲜韧的菜类，为了避免煮食后出水，不要用水洗菇，用一把软刷刷干净就可以。

这大白菜原来是中国的地道土产，二十世纪初传到法国，在伦敦人们称它中国叶子（Chinese leaves）。在中国馆子里用来炒罗汉斋，一般人家以为只要有中国叶子，青豆荚、荸荠、香菇与几根豆芽炒在一起加点蚝油酱就是中国菜了。

韩国人是唯一把大白菜吃成国粹的民族了，他们不论去到哪里也不肯舍弃那一道又酸又辣又咸的泡菜。有韩国朋友住纽约七年，留下三十六个容量两千克的泡菜罐子，几乎每个月吃下一公斤泡菜。对韩国人来说没有泡菜也许比四川人没有辣椒更无法度日，以致韩国人到了今天更冠冕堂皇地将泡菜当国宝一样推行到全世界了。和高丽菜一样，大白菜终于也有了翻身的好日子！

第十章　亚罗美帝克

亚罗美帝克

有胡子的叙利亚人在我居住的街上开了一家精致的美食店，专卖中亚的食物与香料。所有的香料都装在好看的玻璃瓶里，食物的包装也都有美丽的设计，一瓶甜杏仁油、一盒燕麦饼干或者只是新鲜烘焙的面包，都被用心地包装着。甚至他本人也好看，穿白色的袍子，带着穆斯林的小帽子，帽沿绣着精巧的花纹，头发黝黑，胡子浓密，白色的衣服使他身上简单的色彩对比加倍强烈，一切都令人赏心悦目。他的妻子很胖，看起来总是很快乐，两个女儿，长发黑眼，一个只比收钱的柜台高出半个头，只能踮着脚，露出一双眼睛。显然，她喜欢站在柜台后帮父母收钱，但她不懂算术，还是“爸爸爸爸”兴奋地喊着、问着；小女儿还小，就在店里不同的角落玩着，好像她会一辈子在这样的香气里快快乐乐地长大。

叙利亚人的几十种香料瓶整齐地排列在架子上，砖红、浅褐、橙黄、墨绿……买的时候，用长柄调羹掏出一些，放在小袋里。最喜欢浅草茴香，也爱砖褐玉桂粉，还有赭色的红椒粉（paprika），沉黄的咖哩粉、黄姜粉，橄榄色的莞荽粉……闻着看着就让人精神振奋，有的用来烧肉，有的用来烤鱼，有的用来做鸡汤，还可以用来做蛋糕。

每次去那店里，都要大胡子配几种香料，教一道食谱，很喜欢做叙利亚人的朋友，不知道是因为有一条丝路贯穿的历史，还是爱恋一种属于香料的想象与传奇？

吃多了这些带着浓郁香气的食物，感觉自己像个神仙巫婆，日久便也浸淫在芬芳的气氛中。印度人吃了一生的咖哩，据说流出来的汗也有咖哩的辛香。他们还相信：多吃各种香味能让脑袋聪明，而且更能体会复杂的人生况味！

法国人是个把花香都吃到肚子里去的美食族。亚罗美帝克（Aromatic）是经常被用来形容食物的字眼。橄榄油、香醋加点香草料，基本上就可以随意调配出许多新鲜诱人的美食，烹饪里善用香草配料，远远比热油烈火的添油加醋有趣而且健康。习惯了新鲜食物，味觉也会逐渐敏锐起来，更能享受食物的本色和原味，而不再热爱那些过度调制烹煮的浓重菜色，这也是美食与生机饮食的趋向。

第一次在餐馆里吃到咸的小茴香（dill）松饼，立刻爱上它的独特风味，既没有一般松饼的甜腻，又有茴香特殊的滋味，一般松饼加核桃、提子、巧克力、蓝莓种种，都没有咸茴香来得有创意。于是，回家依样画葫芦，茴香有草腥，喜欢的人喜欢它的辛香，不喜欢的人就是嫌弃那种特殊气味，用点嫩茴香煎（或烤）小马铃薯（baby potato），大概比较容易尝出茴香之可亲可喜。

小茴香过去因为少见，以为是外来的香草植物，直到北京朋友用茴香包了饺子，才知道它不仅在东欧南欧普及。北欧、希腊、俄国、犹太人的食谱里都少不了茴香；烤鱼、海鲜、马铃薯或腌黄瓜，都可以拌上一点小茴香，那份独特的辛凉香气，是味觉上的一次外遇。

伦敦邻居菲利普在花园里有个香料圃，种着各种稀奇的香草，有辣味的古希腊种罗勒、茴香、莳萝、百里香、欧芹，还有野生的小洛矶（rocket），小片小片的锯齿嫩叶，带着浓烈的苦与甘，有了它，任何乏味的生菜色拉都不得不滋味盎然起来。不需要多，些许相拌就能让色拉改头换面，脱胎换骨。

这是少数的一种能过冬雪的耐寒绿叶生菜，伦敦花园里种了一小方块，隔几天就去摘采一小撮，与摩渣瑞拉、西红柿相伴，滴几滴橄榄油、香醋，加几片鲜罗勒，夏天去公园野餐、听音乐会的时候，这是一道必不可少也总是受欢迎的冷食。

以罗勒、迷迭香、熏衣草、香薄荷、百里香、茴香籽混合的普罗旺斯香料，做汤、烤肉都合适，聪明的商人都已经将这些干燥的香料混合后装在瓶子里，销售到世界各地，不论你在纽约、香港、北京、伦敦或台北，都可以享受到南欧的口味。

意大利风味的香料，主要是罗勒、迷迭香、百里香、墨角兰 (marjoram)、鼠尾草，奥勒冈（oregano），因为少了浓烈刺鼻的茴香与熏衣草的灰朴味道，口味随和亲切，用蛋白调香料煎鱼排，煎出来的鱼肉没有腥味，还带着满口芳香。

菲利普的大茴香从春天发芽后就不停地长，夏天已经长得跟人一般高，秋天开出黄绿色细细密密的一丛丛花，过冬后采集花籽；菲利普是闻香就会兴奋发狂的香草痴，不时看见他在园子里东采西摘，这里闻闻，那里嗅嗅，乐此不疲。

这样的男人，遇到女人想必也是用闻的，女人身上如果具有他所喜欢的香味，就是令他痴狂着魔的极度情挑了。有次见他从市场提了两只鸭回来，说是院子里的鼠尾草大丰收，他要试试看做一道香料鸭。

菲利普是个从冰淇淋、美奶滋到圣诞布丁都自己做的人，夏天经常看他散步回来，提着野地摘采的各类莓果：黑莓（blackberry）、鹅莓（gooseberry）……不久，就可以吃到他自制的莓子酱或冰淇淋。他是苏格兰农夫的儿子，懂得所有关于园艺的知识以及厨房的美食，也是可亲又可信赖的好邻居，据说苏格兰人都是这样热心肠，好脾气，天生是当家的好男人。

菲利普的香料鸭原来是煮滚一大锅清水，加入鼠尾草、洋葱、胡萝卜、白葡萄酒，盐和鸭子，煮熟后捞起，待凉切片。

潮州人的卤水鹅也是这么清清白白的，蘸着酸酸甜甜的蒜头醋酱，小时候九层塔与酱油，蘸白水鲜煮的鸡鸭猪肉，都是朴素生活里的丰盛美味，就算吃遍天下，也难忘记这些积累在舌根的简单的美好滋味。

从伦敦花园带到香港的一些自家收成的迷迭香、熏衣草、玉桂叶，珍贵如宝。西北半球的夏日特长，晚上九点还有余光在天际，阳台上烤肉，随手就在花园摘一把罗勒、荑葱、迷迭香……随意调进菜肉里，是信手可得的幸福滋味。

离开伦敦之前便努力摘采、风干、收集成罐，飘洋过海带到香港，整个厨房不时就可以有花草芳香。五月季节，偏西南向的窗口，香港半山新居，慵懒的午后，也总望着干枯的香草薄荷，兴叹着此地人稠地窄，没有一方土地滋养我所爱恋的花花草草。

冬天爱喝马萨拉茶（masala tea），一道风情万种的印度香料茶，适合在周末下午约上三五好友，煮上一壶。用两杯水，三小匙红茶，一根玉桂，几颗豆蔻，小撮丁香，小块生姜，加些许茴香籽，煮开之后转小火继续煮五分钟，加入一杯鲜奶，适量的糖，就是一道好喝好闻的印度香奶茶。

香港街市上卖一种青绿的夜香花，花萼托一小朵嫩白的花苞，还未开启就被人采食。人都贪鲜嗜嫩，菜丛里的诗意，就成了口腹的祭品。同样是花，街头也有人卖玉兰花，买一小撮，有如窃取人间一抹色香，暗自藏着单恋。

这夜香花不幸沦入最缺乏想象的咀嚼与吞咽中，与星形长丝瓜、玉瓜、藕片炒在一起，清脆香甜，加点木耳，就是一道新式的罗汉斋。还有茉莉花蛋糕，清浅的黄，淡淡的幽香。吃花听起来浪漫，实际上舌头对花香毫无反应，就像女人身上的香水，都是为了挑起欲望而已。

玉桂烤苹果，是从犹太朋友的母亲处学来的食谱。用玲珑脆酸的麦肯塔（macintosh）苹果，从蒂顶挖个铜板大的洞口，撒些玉桂粉、细砂糖，撒些水滴，烤箱华氏350度烤45分钟，趁热和香草冰淇淋一起吃。一抹玉桂加苹果的温暖馨香，总让我想起小时母亲身上经年萦绕着的玉桂香气，她口袋里不时放着玉桂米纸，一小张一小张薄薄的像卷烟纸，放嘴里就软化消溶，玉桂的辛香就从母亲的身上蔓延到我的童年。

第十一章　天下名厨

天下名厨

所谓一流烹饪家，要有英国人的思虑，法国人的艺术加上阿拉伯人的热情，并且知晓所有的果蔬、香菜配料，细密谨慎、创意无限，还要全神贯注。

曾在晚会里遇见一位意大利厨师，请教他中国菜与意大利菜的区别。

他说：有这样的一种画家，在画完作品之后，立刻就销毁作品，只是为了避免有人给画命名。

我失言了。跟厨师谈口味，就像在派对里提素食，在晚宴里谈房地产，体面的人说是犯忌，世故的人称不入流。

名厨当今是时髦的名士阶级，与服装设计师、发型师、美容师、营养师、健身教练、心灵导师一样，都是名利社会的流行指标。美食是现代人的信仰与宗教，灵魂的寄托与依归。为凯萨林·瑞塔琼丝设计减肥食谱的阿金氏（Atkins）生前门下围绕着天王巨星，膜拜他如救世主。

新一代的美食族追求的未必是口味，更重要的是品位。电视上的烹饪节目，出卖食物色相，贩卖厨师形象。从前厨师循规蹈矩教人做菜，他们的地盘离不开厨房，现在的厨师们跟明星一样作秀，也上电视的公众舆论节目谈战争、谈恐怖分子，远涉坦桑尼亚给街头儿童做菜。他们是名流里的新贵，在所有星光闪耀的场合里与明星政要同进共出。

电视上的烹饪节目已经到了超现实的地步，无法指望一个厨师如当年的傅培梅（早期台湾著名电视烹饪节目主持人）那样，戴着帽子围着围兜，一板一眼告诉观众如何煎如何炒如何调味，加几根葱几片姜，掌控几度火候等等细节。已经没人指望在烹饪节目里学会做一道法式烤鸭或意大利馅饺。大名鼎鼎的厨师山缪·强森（Samuel Johnson）在电视里示范观众：如何拿刀切出厚薄均匀的黄瓜片，洒几滴醋，几滴橄榄油，一点胡椒粉，他说：就如此，再没有更完美的美食了！

现代人生活在一种名流所主导的时尚文化的虚荣里，死了一个法国面包师傅莱昂纳·普瓦兰（Lionel Poilane），却影响了纽约罗伯·狄里诺等等诸多名流的心情，因为这些人仰赖普瓦兰面包房从巴黎河左岸空运抵达的面包当早餐。

在伦敦居住期间，发现自己所知道的厨师，远远多过所认知的作家，不知是因为自己对文学的孤陋寡闻亦或因为名厨的无所不在？

被奉为厨房女神的奈姬拉·劳森不但是美艳的，而且是聪慧的，她的圣诞火鸡填料如何做呢？我痴痴守在电视机前傻愣愣拿着笔记本，全神贯注地准备向她学点独家秘方。性感的厨娘厚颜鲜耻地告白："Mark & Spencer's"（英国著名的百货食品连锁店）的火鸡填料实在太美妙了，她索性就买现成的（这是她的懒惰，幽默，还是替食品店做广告？）。

我向友人抱怨，这位男性朋友毫不迟疑地说：可是人家美丽性感呀！这回答让我哑口无言。奈姬拉最拿手的是什么？舔舌头。男人就爱看她那娇态，做菜的时候不时用手指在食物上蘸点汁在嘴里舔，吃完东西必定用舌头舔着嘴唇现出满足酣畅的挑逗姿态，吃相跟做爱调情相差无几。但是，她的节目非常热门，女人一边看一边骂，男人一边看一边流口水。

你看了她的节目吗？男人们问，不是问她做了什么好吃的菜，而是问其他人是否看到了她丰满的双乳。似乎，人们已经不再期待漂亮女人在厨房里沾染油烟，不论男人女人，人们都臆想俊男美女穿着比基尼在海滩，或穿着范思哲礼服在高尚的宴会里；美色共享，把性感美女放在厨房是天大的糟蹋和罪过。

奈姬拉的故事充满戏剧性，她原是记者出身，写些无足轻重的边缘话题，之后索性转目标写食谱、做菜，结果一举成名，真的是“识时务者为俊杰”。身为名厨，她丈夫却不幸得舌癌，先是不能说话，再来无法吃饭，美丽如天使的小女儿都不明白：爹地为什么张着嘴巴说不出话语，只发出怪异的咿哦声。最后，他就再也发不出任何声音，沉默着诀别了娇妻和爱女。

奈姬拉两年不到再婚，对象是伦敦著名企业家、艺术收藏家，在泰晤士河畔拥有私人美术馆。2004 年的冬天那里有场真人裸体秀，男男女女光着身子任艺术家摆布，连开幕酒会也需要光着身子进出。那个美国裸体艺术家已经在好些国家做过同样的表演，动用一些自愿参与者，在光天化日、大庭广众之下一丝不挂地集体暴露，名之为行为艺术。

现代人的眼睛习惯了声色刺激，早年傅培梅那样传统贤妻良母的家庭妇女形象，不浪漫，也不风趣，就是一板一眼，中规中矩，大概已经很少有人愿意这样围着围兜用自己的双手在菜刀与炒锅上劳碌。当时的美德与技艺，在追逐品位与时尚的现代人眼里已不再有吸引力，恐怕少有人愿意专为讨好男人的肠胃而下厨，为表现自己的才干而执铲。

到了二十一世纪，能在厨房亮一手的男人，表现的却是他的品位、他的情趣；懂得美食、享受人生。表明他不是一个只会赚钱的乏味单调的土豆。

或者，如年轻一代新潮厨师之颠覆传统打破迷思：纽约亚裔厨师黄颐铭，银牙粗口，嘻笑谩骂，肆无忌惮，口无遮拦，没经验也没背景，在自家地下室贩卖台式刈包，居然让台湾小吃登入国际都会的美食殿堂，他也晋升为新潮厨师的领军人物，主持起电视节目《廉价小吃》，在社交媒体里成为风云人物，处女传记《初来乍到》风靡全美。

黄颐铭的成功所传达的已经不仅是单纯的食物，饮食也不只是肠胃和舌尖味蕾的需要，而是象征作为一个亚裔美国人成长经验里的酸甜苦辣、困顿挫折，文化身份、政治认同和食物咀嚼混合之后的千滋百味，一个全球化移民时代的崭新形象。

电视上最有气质的厨师是方头正脸的葛雷·罗德（Gray Rhodes)，名字和菜式一样漂亮，从头到脚无可挑剔，人细致、灵巧而斯文，厨房如艺术家的工作室，即使切菜都有他自己独特的架势，不管是肉也好、是鱼也罢，食物在他手下都有品相。

他的发型苍劲有力，如秧苗竖立，锐利的眼睛紧靠在细挺的鼻梁边，看起来更像是三宅一生的服装模特儿。

他的菜其实繁复华丽，精致到令人望而生怯的地步。有一次红烧一小块牛腩，要以洋葱西红柿红萝卜桂叶一起和肉慢炖四小时，捞起肉，过滤剩下的汁，倒入一品脱红酒，再加入殷红的樾桔，熬到浓稠，最后的肉汁色泽如宝石，几乎不是用来吃的，是用来蛊惑人的。

葛雷以准确明晰的表达方式，解说的虽是繁复细致的菜式，但他的美食让生活华丽而丰盛，他的教养与风采，令观看他的节目成为赏心悦目的事。

自称性感的是意大利厨师乔治亚，BBC 第二台的烹饪节目主持人。他自我表彰性感，人其实邋遢，卷发披散在肩头，眼睛大，鼻子大，嘴巴更大，眉毛嘴角的线条向下垂，说英文像吃意大利面条，他自己不在乎，观众也没介意，他就一副吊儿郎当的德性。

看他的烹饪节目，如果主菜是鸡，就得跟他去农场，看他如何追捕一只无辜的受惊吓而东逃西窜的鸡；看他如何给鸡做心理教育，赞美它长得多么俊美肥壮，羽毛多么丰满晶亮，个性多么听话乖巧，待会儿上桌的时候，一定会是一道鲜美的佳肴。

然后，你看他如何给鸡肉按摩推拿，如何煎它、如何炖它，做好之后，还要看他完全没有教养的邋遢吃相，有时用手抓，有时站着吃，有时一边走一边吃。总之，他从不肯坐下来好好吃顿饭，做菜也不正经，如果让他穿整齐了，他就开始搔头皮抓痒。

那是令如我这样的观众头疼的坏毛病，头皮屑万一飞到锅里去，又不是胡椒可以调味，一度想写信给电视台抗议他抓头发有碍观瞻又不卫生，最后决定犯不着劳累自己：一是不会跟他一起吃饭，二是不必跟他学做菜。

有一次，那个邋遢的厨师要做一道烤活鱼，天气很冷，摄影队跟观众全都跟着他沿着泰晤士河去离城郊数十公里远的地方，看他如何把鱼饵放上鱼钩，如何将鱼竿甩进河里去，跟着他一起抱怨天气，陪他在电视机前钓鱼。看了半天，没有鱼上钩，他怪风大，然后就空着手回去，那一天的节目因为没有鱼也就不必下厨，平白把观众耍了一回。

这让我想起在纽约，有个收音机节目主持人，有次报告天气居然也说：请等等，让我去开窗户瞧一瞧外面的天色。收音机静默了一会，他回来说开始飘起雪花了。还有一次，他看见一群人滑着溜冰轮经过中央公园，就说：太壮观了，他也要去加入滑轮队。收音机顿时陷入寂静无人的空白静音，所有收音机前的听众就被这么一个不负责的主持人弃之不顾，有冤也无处伸。

当今最红的黄金厨师叫詹姆士·奥力维，又称裸体厨师（naked chef），不是因为他赤身裸体上厨房，而是他的菜式简单明白爽快，不卖弄玄虚，而采用最一般的材料（bare-naked）。英国人最喜欢的名人名单里有他，最讨厌的名人名单里也有他，不是英国人矛盾，而是现代人趣味的极端，就如台湾名人陈文茜既得人爱也得人怨。

奥力维何以出名？因为他找了十五名失业的年轻人，不分学历种族性别，免费训练他们成为厨师，结业后开了一家名为“十五”的餐厅，就由他亲手调教的十五个学徒掌厨。

这个节目被电视公司在现场从头到尾录制成专集，在电视台播放，“奥力维旋风”顿时扫遍街头巷尾，一个默默无闻的小伙子，瞬间挤入社交名流，成为炙手可热的明星厨师。

奥力维实行铁腕训练，训练学员剖鱼肚、捞鱼肠、剥鱼皮、剔鱼骨、宰鸡杀鸭。女学员吓得手脚发软，花容失色，他毫不怜香惜玉，狠心地说：做菜不是什么轻松的玩意儿，厨房是人间炼狱，吃不了苦，趁早离开。

挨批的女学员当场泪崩，向公众哭诉受到侮辱虐待。最后能坚持到底的人，都成了他手下的厨师。

“十五”设在伦敦东区一个朝气蓬勃、聚集了年轻艺术工作者的旧仓区（奥力维并不想将餐厅设在那些昂贵时髦的餐饮地段）。但是，由于他的名气，城里的名流士绅一传百传，来“十五”的人络绎不绝，奥力维的魅力无法抵挡。他不只创造自己的形象，打出自己的品牌，还造就一个小小的创业传奇，成为年轻人的榜样。

他说：厨房就是这么一个不是人待的地方，但他爱他的厨房，爱他的餐厅，烹饪迷人的地方，只有自己领会。

奥力维的菜大胆而富创意，混合食材交融口味（fusion and hybrid），保证新鲜与质量是他的秘诀。他喜用意大利上等火腿、帕玛森奶酪、鲜嫩的辣菠菜（rocket）与烧烤的葫芦南瓜（butternut，形状像葫芦，颜色味道像南瓜，比南瓜细致香甜），一切来自原产地精选的上等调料，加上现采的新鲜果蔬，几滴香醋、橄榄油，一点也不复杂花哨，让人想做又想吃。

伦敦市政府给奥力维一笔基金，让他继续开设“十五”的连锁店，继续招收有志于餐饮的失业青年，将整个“十五”的发展列为职训计划。

奥力维成名时三十出头，皮肤白如象牙，头发闪烁如金，有一张非常讨人欢喜的娃娃脸。成名之后，连有孕在身的妻子都跟着沾光，出版社抢着要她写孕妇食谱，都不管她到底懂不懂孕妇和婴儿的营养与健康知识，只要她是名厨奥力维的妻子，就有市场魅力。这就是当今做为一个名人的边际效益，名声就是品牌。

最老实的厨师是《卫报周刊》的美食专栏作者乃杰·史拉特（Nigel Slater)，戴一副黑框方眼镜，读书人的脸，做菜从不讲究菜色，既不赶什么时髦，也不理会什么健康医学报告，就是根据老祖母流传下来的那一套做，以味觉感官来对待食物，而不是用头脑数字来烹饪。现代人把吃饭这么简单原始的基本的享受，弄得像做实验室的研究报告一样，分金掰两，餐餐计算胆固醇、热量，彻底失去饮食乐趣。

只有一个史拉特胆敢在观众面前端出油油亮亮的牛尾浓汤，肥嫩的红烧猪腩、香酥烤鸭，放肆地做巧克力慕丝，没有什么他所忌讳的食物与菜式。他还告诉观众：烤鸭剩下的肥油是煎烤马铃薯最入味的剩料。

美国那个到处作秀的风骚厨师安东尼·伯尔顿，爱荤菜，嗜食动物牲畜内脏。他崇拜英国厨师马可·皮埃尔·怀特，认为他是下一代厨师的楷模，理由有三：其一，他的菜有重要内涵，体现公然违抗传统的叛逆精神，有创意，色香味美；其二，他会把看不顺眼的客人撵出去，这一举动，让全世界的厨师拍手叫好；其三，他的书在伯尔顿眼里是唯一像厨师写的书：沮丧、被动、粗鲁。

怀特敢放弃巴黎三星餐馆的主厨职位，跑到乡下小镇去卖一些用猪脚、牛肚、内脏做的食物，脾气暴躁而古怪，伯尔顿就喜欢他的性格与作风，因为脾性相投。

英国还有一位长相可怖但才华横溢的戈登·拉姆齐，他以室内设计师的眼光打量盘里食物的色泽和结构，就连拨弄一片鱼也充满柔情，好像在抚弄女人的脸。他的装饰细致柔美，层层堆砌，好看又讨喜，他撒酱汁如微风细雨般温柔。

伯尔顿如此形容拉姆齐：是个专注、有阴谋、反复无常的怪胎，又是个皮条客、媒体控制者、艺术家、工匠、欺凌弱小者，同时还是个令人骄傲的卑鄙之徒。伯尔顿的本意其实是：他温文尔雅、落落大方、幽默迷人，只是当面的赞赏令人尴尬。

拉姆齐的父亲曾对儿子说：做菜是男同性恋者才干的活，因此，所有的厨师都是男妓。但拉姆齐却在烹饪里展现一个创造者的真性情：专业的水平与高超的领悟力，在事业上甘于冒险，愈挫愈勇。

一般人看待餐馆的星级，不过是几粒简单的星子，但是，汤里的一滴油渍就可以使三星级餐馆被颠覆，一粒未剥开的蚕豆就可能是其世界末日。米其林之星对名厨而言有如六吨重的石板压在肩头，让人无法动弹、难以对抗。是以厨师掉了一颗星就如失去一身的荣耀，三星（也是法国最高的荣誉）名厨罗索（Bernard Loiseau）仅仅是因为忧虑自己的名声下跌就饮弹自尽。

此事发生于2003年，因为旗下餐馆遭权威餐饮指南杂志降级，五十二岁的贝纳·罗索在自家卧房举枪自尽，噩耗传出，法国餐饮界震惊又愤怒。罗索所拥有的餐馆 La Cote d'Or，离巴黎数百里，密特朗不时搭着专机去享用。罗索死后，法国人以“一个完美主义的美食者对品位永不知足的追求”评断他做为名厨的一生。

世界级的华裔名厨甄文达（Martin Yan）的招牌是暴牙，他的名言是：假如甄某人能做菜，你也就能做（If Yan can cook, you can cook）。他的过人之处是能斩能切还能说（chop, slice and talk），曾受邀在美国饮食界最高权威的毕尔德基金露过刀功和掌控火候的功力，让在场的美食家和厨师们大开眼界、叹为观止，人们经常因为惊叹他切菜的技艺而忘了记下他的食谱。他是全世界最知名的中国厨师，录过超过两千四百集的节目，在七十五个国家放映，写过二十七本畅销的烹饪书，说一口杂碎的英语（chop-suey），跟奥力维（Jamie Oliver）的英语土腔一样逊。

名厨真有这么神气？烹饪真如点石成金的魔术？现在世人已经开始为厨师立传，像所有的各行各界的大师（guru）一样，他们也是我们肠胃的神明。

其实，人们真正在意的是在什么地方，跟什么人吃了什么。当今美食专栏所透露的重要讯息之一是：某某明星在哪里用什么餐，以及当前什么菜款最时髦。饮食如时尚，让人怀疑不小心肠胃会不会跟不上流行？带恋人去吃中国菜会不会被嫌弃？

如果你不喜欢哪个名厨的菜式，也用不着兴师问罪，美国名厨朱莉娅·柴尔德（Julia Childs）的至理名言：永不道歉，永不解释，世事皆然（Never apologize，never explain, it does apply to things in life）。

第十二章　舌尖上的一点绿芥末

舌尖上的一点绿芥末

吃是讲究情趣气氛的事，比如心血来潮，长途跋涉到一个陌生的地方吃意想不到的食物。跟口味无关，跟饥饿无关，也许跟一点异想天开的任性疯狂有关。

搭飞机翻山越岭之后，继续数小时的车程，来到一个长着仙人掌的海滨别墅，拱门长廊外是碧蓝海水，水面映着天光。这是西班牙与法国交界的南地中海的无名海滨小村，有人跋山涉水，来到这里仅仅为了吃一餐饭。

厨师当然不是一般人，也许只有五个人知道。但是，这五个人不是你也不是我，而是世界上最具权威的五位名厨，他们共同推荐的天下第一大厨，这就非同小可。费南·阿德里亚（Ferran Adria）——世界五大名厨公认的首席厨师，他突发奇想在巧克力里加日本芥末（wasabi），随兴之所至，把冰淇淋奶酪做成咸的。他说：宁可把钱花在巴黎的Ritz饭店喝一瓶香槟，也不愿花在一双鞋上，因为总是会记得香槟，但不会记住鞋子。

他放肆地说：那些不断重复传统的法国厨师已死！口气有如当年尼采之宣告上帝的死亡！

果然，在狂妄里根植的也是他过人的才气。到今天，费南·阿德里亚不只是分子饮食的创始者，他将食物解体重塑，彻底改变食物的结构、口感、味道、型样，他还是一个把饮食烹饪提升至美学、哲学与创作的艺术家，举世名厨无不推崇的厨神。

那么，你问天下第一名厨：何谓美食？答曰：美食是一种尝起来像快乐的滋味。

所以，快乐是酸甜苦辣之外的另一种精神境界，是在舌尖上可以品尝得到的；快乐是巧克力冰淇淋上面的那一点绿芥末带来的刺激与意外；快乐是两滴被辣出来的眼泪；快乐是吃到一个奶酪制成的咸冰淇淋；快乐是有这么一个时辰的意外、即兴、冒险、创造与享受。

名厨的餐馆里没有食谱，吃什么要看他的灵感，以及在市场采购的时候与食物的邂逅，或者，只是跟那天的风水与星象有关，就是跟客人的期待与品味完全无关。

因此，美食没有标准，饮食在阿德里亚的说法里可以是一种体验，和恋爱、冒险一样，可遇不可期。而人的脑子和肠胃都有偏见和嗜好，加上不可预测的心情与场景，臭豆腐有人爱之入骨，有人退避三舍；白米饭、白面包曾是有钱人家的精致食品，穷人吃糙米、全麦面包；但流行时尚如此颠倒是非，让人们在自觉文明的时候，又摒弃精致的白米细面，重拾糙米全麦。

从前，胃跟乡愁相关，乡愁与记忆牵连，人在一生里总有如求学、工作、婚姻等种种离家的原因，出门在外，最容易怀想的是三餐温饱，饿的情绪总关联着家的温暖与食物的味道，肠胃的饥渴转化成乡愁。

早年餐饮行业并不如当今之格局与时尚：厨师并列名流士绅，饮食逐渐跟服饰一样跻身流行舞台，写食谱谈食物，需要品位，讲究世故。从前的吃是有钱人家的阔绰与门风，一般人只图温饱。如今的吃挑地点、气氛、情调，再挑口味、菜色、服务，以致挑餐厅名字、桌布颜色；侍者三围面相，甚至墙壁挂饰、播放的音乐等等。当山珍海味都已尝遍，食物本身超越了功能作用，吃就已经提升到抽象的层次，与服装一样是社会学、心理学、美学之外再加上建筑艺术，是形而上的哲学，不再是柴米油盐的简单粗浅。

饮食文化是一种持续性的革命：选择，淘汰，再创造。吃，这么基本与日常的事，成了现代人生活里的审美体验，和逛画廊看艺术品一样，是一种艺术。烹饪也可视之为创作，米其林厨师几乎可以呼风唤雨。

“流行就是健康”，表示一个人内在的精神呼应着外在的变动，表示一个人活得神采飞扬。本来是一句衣饰广告，如今吃食也要流行健康，人似乎也需要有个时髦的肠胃。法国人布西亚·撒瓦涵（Brillat-Savarin）说：告诉我你吃什么，我就知道你是什么样的人。现在的人问的是：告诉我你在哪里吃，我就知道你是什么样的人，饮食昭示的也有时尚品位和身份。

但是，流行有什么道理？

创作与革新，好则厨艺变化万千，坏则一厢情愿无法无章。纽约在二十世纪九十年代由名厨带动饮食风潮，移民口味影响的 fusion 喧宾夺主，成为纽约新时代的饮食风潮；伦敦是后起之秀，突破保守的饮食传统，勇于尝试，名厨辈出，成为二十一世纪的世界饮食之都。既有欧洲的美食传统，兼有新世纪的口味创造：寿司、咖哩、鱼露、香茅、荳蔻、茴香、丁香、薄荷，从亚洲远至非洲的各种菜式，对于伦敦人而言一点也不陌生。

当伦敦人声称伦敦是欧洲的美食天堂之际，纽约人继续宣扬他们的亚洲混种；同时，复古的慢食运动，执意要恢复老祖母的传统，悠哉游哉一个劲儿慢下去，以对抗现代人不合人性的高度紧张生活。甚至，东方的茶道也在西方展露头角，台湾女子经营的“野莲”，让时髦的纽约人领悟到悠远茶道的一丝禅意。

现在伦敦海鲜鱼店很普遍，墨鱼、生蚝、鲜蚵、螃蟹司空见惯。英国虽是岛国，但不少英国人不吃样子古怪的海鲜，在保守的想法里，墨鱼是怪兽，虾子如蟑螂，螃蟹很邪恶，生蚝丑陋，都不该是文明人餐桌上的吃食。

进入新世纪，已经有饭店推出爆炒青蛙腿（田鸡），以白酒去腥，葱姜提味，猛火热锅快炒，上锅前撒一把意大利香菜，基本上是中式做法。写食谱的专栏作家说：这蛙腿是空运进口奇货，因为亚洲许多国家禁售青蛙腿，专栏作家建议饕餮们应该抓紧时机趁其在被禁食取缔之前，捷足先登，一饱口福。作家笔下的蛙腿鲜嫩带劲，吃在口里性感无比。

如今不能再说英国人口味保守，只吃炸鱼和薯条 (fish and chips) 。五十年前“防止虐待动物协会”严厉执行保护动物的法律，蜗牛、蛙腿根本轮不到英国人吃，平常下馆子意味着吃高脂肪食物，在家吃饭又等同遭殃。现在的人大胆放肆的饮食习惯，恐怕要令老一辈斯文保守的英国人火冒三丈。

千古名言：英国人不论男女，来到世界上不是为了享受的；十七世纪清教徒观念：对吃太感兴趣是邪恶的。他们坚信：上帝吃粗茶淡饭。

饮食，却成了现代摇滚！

朋友的女儿小艾，十三岁那年决定成为一个绝对的素食主义者（vegan）：除了不吃肉食、不吃奶类制品，她连皮鞋也不穿，皮包也不用，所有来自动物身上的皮毛至骨肉一概禁绝。她坚持穿胶底运动鞋或布鞋，她用帆布、线织、麻编的一切天然材质背包，如此禁绝一切的杀生意念与行为。

上了大学，小艾十八岁，很快发现自己的理想与坚持少有人认同，而且不时遭到同学的嘲弄，说她走火入魔，古怪刁钻，她原以为自己具有真知灼见，别人却视她的坚持与信念为病态。与同学朋友一起聚餐，她总是需要特别的食物，或是只能选择性地吃她所能吃的有限素食。

你不吃肉？那你吃什么？你连牛奶鸡蛋都不吃，皮鞋不穿，皮包不用，你是不是尖鼻子、长耳朵的怪物？

小艾开始喝牛奶吃奶酪，只维持不吃肉食、不杀生的基本原则。问小艾为什么不再是 vegan，她说："不时髦又不酷！绝对的素食者，被人当成变性人一样古怪。"

如今能放肆开怀、自由自在享受一顿美食的经验，几乎是一种苛求。当每个人都在小心计量自己的膳食菜单时，当"该吃什么，在哪里吃，与什么人一起吃"成为一个人的品位与身份象征的时候，我们背离健康饮食的旨意已经非常遥远。

有人不吃这个，不吃那个，是因为有父母的基因、祖辈的遗传，有文化习俗的积累，有地理环境、甚至经济政治的影响；一个人吃什么，为什么吃，不只是因简单的饥饿与味觉判断那般单纯；日本人长寿，美国人痴肥，法国人苗条，但身体有太多类型，有人天生不胖，有人喝水都胖，怎么能有一种放诸四海皆可的节食法?

黛咪·摩尔有生食减肥法，凯萨林·瑞塔琼有阿肯氏(Atkins)减肥法（大鱼大肉尽情尽兴地吃，只要不吃米饭淀粉类，后来又说此种食方将导致肾衰竭），玛丹娜在吃素食之后又恢复肉食，理由是素食不方便。

节食瘦身导致人们对身形体重过度敏感，使现代人失去享受食物的能力！女人的敏感源自社会病态的审美风尚，社会的病态品位来自媒体的鼓吹煽动，媒体的煽动来自厂家，厂家只有一个不择手段贩卖商品的利益取向：一切向钱看的资本主义经济逻辑与信仰。

男人也承认时尚影响他们的审美观，当瘦才是美，病态才是美的时候，胖就是过时。这社会最让人诟病的是《名流时尚》主导的品牌文化，以金钱与品牌来表示身份、地位、品位与价值。

过去说减肥，现在说瘦身。“肥”不但丑陋而且罪恶，节食这类的概念使肥而好吃的女人变得无地自容，胖女人吃东西竟然会是别人眼中的不雅。降脂、排毒、去泰国灌肠，把身体像下水道一般冲洗，让全世界爱美的女人趋之若鹜。

有朋友患厌食症，一餐饭要几番进出厕所，把吃进去的东西吐出来，最初是贪吃怕胖，吃了之后用调羹放进喉咙催吐，之后成了习惯，最后变成本能反应。到这番地步心理生理的治疗都已经难以见效，一个好好的人就被折腾成骷髅的形样，还受到健康上的威胁。

演员桂妮丝·包斯洛（Gwyneth Paltrow）在父亲去世之后，开始对食物解禁，她说：“我要看这个世界，要吃冰淇淋，我热爱脆皮烤鸭拌薄饼，生命太短，不值如此禁制（life’s too short not to relax）。”另一个女星基德曼说：“能到市场去挑选食物，做自己的晚餐是件幸福的事。”她们都不只有漂亮面孔，还拥有健康的生活态度。怎么吃，吃什么，最好倾听自己的身体发出的声音，做自己身体的主宰，明智地选择正确有用的信息，而不是随波逐流、无所适从。

以一个怀疑论者的观点来说，所有研究都有一笔基金资助，为了对基金，也就是对饭碗负责，所有的专家都必须有革命性或破天荒的新观点，来显示自己在研究领域上的出类拔萃。如果一个专家花了三年时间在实验室里耗去数百万基金而只能提出和前人一样的看法，还会有人继续给他实验室与经费吗？即使，他的研究确实只是印证了相同的观点。

科学研究是重要的，但商业社会只管现实利益。现代人的难题是如何在日新月异而且层出不穷的新理论、新观点里找寻有用而且可靠的信息。

《卫报周刊》杂志的食物专栏里说：吃什么已经不流行了，比如二十世纪九十年代初厨师必备的巴森米克 (balsamic) 陈年醋，摆在现今的厨房里就太尴尬。这种葡萄酿造，放在核桃或桑树桶内历经三十年酿成的陈年乌醋，在风光的年代，几乎每一道菜，甚至冰淇淋都可以洒上几滴，现在厨师们嫌它卖相不好，还会在色拉里弄出一团乌漆麻黑的疙瘩。

人之喜新厌旧的脾性，使我想起早年纽约最时髦的餐厅里的一道招牌菜式，它彩印在星期天的《时代》杂志上，叫玻璃面条，美得几乎可以用来做成项链戴在模特儿颈项。那透明的玻璃面条加了红椒、黄椒、香菜、葱丝，拌点芝麻，完全出卖色相。那东西不会好吃到哪里去，但是名厨手下的创意食谱，你必得有某种身份或关系才订得到座位，吃它那么一道我们从小吃到大的寻常面食（粉丝），吃饭的旨意早就不只是盘子里那几根透明面条的事了。

二十一世纪，食物不只是单纯的温饱，它还是政治，是环保，是时尚，是生态学。

诗人布莱克在上一个世纪说：剩下的唯一的，只有艺术是我们可信赖的。

美食家则宣称：唯食物能带给人生真切的享乐与欢愉。

医学家们却说：人类已经失去饮食的乐趣，“动物”一词在二十一世纪的解释，除了是人类的朋友、食物，也是艾滋、疯牛症、伊波拉病毒、感冒的致病因素和传播媒介。

素食信仰者致力要将一切动物的尸肉从人们的餐桌中扫除，使人类嗜肉的野蛮行为成为历史记忆。

新饮食文化与新概念烹饪，对传统进行一场革命，从生食、慢食，到追溯食物来源，支持当地农产，抵制基因改良食品，选用无防腐剂、色素、化学添加物，含丰富活酵母菌、矿物质、纤维，以冷冻干燥法保存质量的自然健康食品。

所谓奢侈，不再指金钱物质的消费享受，而是一个人的自我规划：知道什么时候需要拔掉计算机插头，断绝干扰，回归自我；返璞归真的自主与完整，对生活质量的讲究，度假休闲的规划，医疗教育的安排以及对烹饪美食的人生享受之追求与选择。

生态学将发展成为一种意识形态与宗教。

饮食逐渐取代性，成为新世纪文明趋向的新章页，食物滋润身体如爱情滋润灵魂。

第十三章　完美的鸡蛋

完美的鸡蛋

煮一个完美的鸡蛋，放在蛋杯上，用刀口或调羹沿着蛋头，如果把鸡蛋想象成一个谢顶之人的话，沿着额头绕脑袋一圈敲出一条线，然后割开，往脑袋里撒撒盐巴、胡椒，用调羹小勺小勺挖出来吃。每一口鸡蛋都是软韧的蛋白连结一圈固体的熟蛋黄逐渐过渡到生蛋黄的完美层次，蛋黄汁正好悬漂在中间，不会窜流乱颤。

这是水滚后直接放入鸡蛋的五分钟完美煮蛋法，蛋太小不成，水不开不成，会影响蛋白的质地口感，蛋也会变老变皮。蛋的温度是直接从冰箱拿出来的温度而非室温，如果是室温，煮的时间需要减少一些，至于减多少，很难说，因为现在的鸡蛋都是放在冰箱里，早晨没有人有工夫将蛋拿出冰箱等它恢复室温。

为了这完美的五分钟，生活里必须拥有一个准确的定时器，这原不是我的习性，也不合我的个性，但跟一个做事认真、煮个鸡蛋也不肯马虎的人在一起，终于深切体会到一个小鸡蛋的大学问。

完美的煮蛋法要等水完全煮开，加一小撮盐，降低沸点，以防止鸡蛋破裂，五分钟铃响过后，熄火，取出蛋，放在蛋杯上，要趁热吃它，否则，余温终会让蛋逐渐老化，失去所有完美的生熟比例与质感。

有朋友因为从小总吃母亲因心不在焉而煮过时的老鸡蛋，使他一直觉得缺乏足够的母爱，以致煮不好的鸡蛋，总让他回想不受关怀的童年。他对煮鸡蛋如此敏感，只要用刀口轻敲一下鸡蛋壳，从声音与硬度就能判断鸡蛋有多老，过熟或不熟，这便影响他一天的情绪。

在乡下我母亲的土法是：不论什么温度，不管什么尺寸大小，一概将蛋放冷水里，水开后就关火，让蛋在热水里慢慢转熟，鸡蛋不会冒着滚水里破裂的危险，也很难将鸡蛋煮老。只是乡下人吃蛋，从不讲究几分熟，有蛋随便煮、随性吃已经很幸福。

生活里约略有两种男人，一种是认真吃蛋煮蛋的男人，一种是每天给他吃炒蛋、煎蛋、蛋花汤、西红柿炒蛋他都无所谓的人。两种人都有一样的好处和等同的坏处，好和坏都在那种细致与混沌。说到底就是煮蛋也难，做人也难！

曾经有个精于炒鸡蛋（scrambled egg）的朋友，很偶然做了一个美味无比的蛋。那蛋不是用炒，也不是用煎，而是在锅里搅拌出来的，吃的时候他才得意地说了一番道理：关于蛋之如何在半生不熟的成形过程中，适时地关火，继续搅拌让蛋在锅子的余温中渐次变熟，以保证蛋汁不会在过度的烹煮里流失变老，干燥散乱如更年期之妇女。他说完美的炒鸡蛋是带着汁的鲜嫩相互依偎在一起的，而不是干硬的块状疙瘩，听得我心惊胆战，联想到终会到来的中年。

做一个完美的水煮荷包蛋（poached egg），先在水里放点醋，水滚之后用筷子或勺子绕着锅沿搅动水，让水形成一个自转的漩涡，如此，鸡蛋放下之后，蛋白开始向着圆形转动成形，蛋白内敛而完整，如果只是往锅里直接打下鸡蛋，蛋白会散成蛋花，卖相不好，也折损蛋白。

这是另一个善于煮鸡蛋的男子传授的，一直觉得温馨而受用，从男人处学得即使一点点的烹饪小技，都格外欢喜。这样的心理，恐怕是与从小有个一生不曾在厨事上沾一根指头的父亲有关。潜意识里总渴望看到男人的居家形象，从那儿感受到家常的温暖与亲切，也许那一直是渴望与父亲亲近的潜在企图？

周末的早午餐（brunch）（因懒睡晚起把早午餐合并吃）是做个摊蛋(omelette)，随便在冰箱里找些洋葱、草菇、红椒、培根，怎么做都好吃，这是鸡蛋的神奇之处，不论怎么折腾它，都一样的美味，要把鸡蛋做得难吃，还需要点本事。

有个圣诞礼物是制作摊蛋的锅子，圆锅中间可以对半折叠，一边炒培根蘑菇青椒，另一边煎鸡蛋，然后把炒菜的半边锅翻过去盖煎蛋的半边，盖之前可以加入一些酸忌廉，打开之后就是一个形状完美的半圆摊蛋。

这才想起：大部分圣诞礼物、生日礼物几乎都离不开厨房里的器物，比如一个特制的蜂蜜容器，配一只可以取蜂蜜而不滴不粘的特制螺丝锤木棒；比如制作意大利面食的制面机；比如烤肉测熟度的特制温度计；比如一把日本制钢刀；比如一个维多利亚时代的切蛋器；一把吸气的真空酒塞子、定时器等等五花八门。还有来自西班牙的削刀，威尼斯的酒塞。有时也收到食物如奥地利的莫扎特巧克力、意大利的风干西红柿、法国奶酪，有次收到四川花椒，还有一次是从云南经曼谷辗转寄到伦敦的宣威火腿。有时，我渴望人家送一支口红，或是一本诗集，但收到围裙、食谱的比例总是高过口红、诗集，这一辈子沦落厨房恐怕再难翻身！

偶然有个早晨煎鸡蛋，敲了几下，意外敲不破鸡蛋，用了大力才击碎蛋壳，幸好是个可食用鸡蛋，假如是孵小鸡用的，那可怜的小鸡肯定因啄不开蛋壳而窒息夭折。

敲不破鸡蛋让人忧虑：不知道这鸡是吃什么长大的，生出这么硬的壳，会不会是用什么放射线照射过的，以避免在运输过程中因破碎造成损失。这么寻常的鸡蛋似乎也变得如此不可确信。

更可怕的是新闻里揭发了中国市场里的假鸡蛋，用毫无养分的透明胶质物做蛋白，连蛋壳里的那一层膜也仿制得栩栩如生，假鸡蛋跟一般鸡蛋没有两样，吃起来也不会危害身体，虽然也没有什么养分，但价钱比普通鸡蛋便宜三分之一。荒诞的是：这些人有这样的聪明头脑与本事能仿制栩栩如生的鸡蛋，为什么不去发明一些营养健康又好吃的新食品？

在讲究自然有机的美食时代，每一个蛋都可以有一个故事，每一只鸡都有自己的情绪。

安加利卡，你今天为什么看起来闷闷不乐？

不要以为这是老板跟秘书说话，其实这是在描述农场里一只母鸡的心情，天下雨了，母鸡安加利卡无法出去游玩散心啄食草地上的虫子。

这是纽约城鸡蛋包装里附加的说明书，强调农场如何以天然方式养鸡，喂食有机饲料，以及安加利卡如何享受做为鸡崽的生活，直至被人宰杀吃食那一刻。

人们不会想知道什么叫有机（organic）鸡蛋，农场主人从脚下三尺深的泥土开始说起；一般人也没兴趣知道Omiga-3，蛋黄素（lecithin）、硒（selenium）在鸡蛋里的成分比例或营养价值。但是，如果连鸡蛋也有假造，便会理解我对鸡蛋无法避免的疑虑。

小时候鸡蛋非常完满。母鸡在草地上啄食，在树荫下戏耍，隔日清晨在鸡窝里拣一只温热粉白的鲜鸡蛋，直接生着喝蛋汁，那是母体给予新生命的珍贵养料，打在热豆浆里或煎成荷包蛋，加点麻油米酒就可以给产妇进补，给病人加菜。

如今，什么都可以造假的时代，如此一个简单平凡的鸡蛋，都无法保证它的天然纯正，还会有多少安全可信赖的食物存在于我们的生活之中？

乡下母亲经常在后院养鸡，它们在野地里戏耍奔跑，吃五谷杂粮，不打任何激素。天然成长的土鸡，鸡肉鲜津可口，肉质劲韧，吃到嘴里，味觉神经都兴奋起来。

美国餐馆评论家罗伯·沃许描写他吃到的全世界最有名的布莱斯鸡（Poulet de Bresse）时，沃许称羡他在农场里看见鸡群昂首阔步走在高敞的谷仓与起伏的草原上，他简直羡慕鸡的幸福。这种鸡是脚上挂着红蓝白金属标签的鸡中之王，饲养的农场规定每只必须拥有十平方米的活动空间，每一次饲养需间隔四个月，鸡拥有在草地上自己拣虫吃的幸福。符合这种条件生产的鸡，拥有和波尔多酒一样的法定产区 AOC 的标志，那鸡肉的美味，令人垂涎。

然而，沃许所没看到或没说的真相是：地道的布莱斯鸡，和鹅肝、小牛犊一样，在宰杀前生命最后的一段历程里，被软禁、强迫喂食，一直到它们饱胀瘫软无法站立，经过这样折腾，鸡肉、鹅肝、小牛肉才有柔嫩鲜润的高标肉质，成为所谓的顶级食材。只为了满足人类贪婪的食欲，我们无所不用其极！

草莓上的一条虫

草莓上有个小洞，洞里躲着一条虫，多么娇贵而且幸运的一条虫，好像在我与虫子的生活里遇过什么奇人奇事，才有这样的邂逅，而那草莓也是如此非凡、如此幸运、如此真实、如此自然的一颗鲜活的食物。

这么夸张但无一不是事实的陈述，因为来到没有草莓生长的香港，经常吃到的是不论寒冬炎夏，都以紫外线照射或激素刺激生长，或其他我所不知道的精密科学方式生产的现代科技草莓，那根本不可能给虫子任何机会寄生或侵蚀的塑料似的美丽诱人却无滋无味的食物，给人吃都难以消受，虫子大概也了无兴趣，而且农药与化学品早将它们灭迹。

吃惯了科技化生产的久存不烂的草莓，很难想象：天然生长的草莓娇嫩脆弱，必须小心呵护，否则轻易就会溃伤败烂，也无法久放，三两天不吃就发霉腐烂。

因此，偶然买回来一颗被虫子吃了一个小洞的草莓，那虫活生生还安栖在那小洞里，给了我小小惊喜，忍不住耗费这么长的段落，只为写这一颗草莓里有一条虫的非凡悸动。

一般人大概要认为这是小题大作，然而，一个人每天定时要吃三餐，不论贫贱富贵，没人可以离开食物存活，君子远庖厨，远菜市，但不可以远离餐桌吃食，因此食品安全不能不知，不可不说。

小时候邻家送来自种的青椰菜，不小心掉地上，满地是蠕动的绿色小虫，都窝藏在青椰菜里。母亲说：这菜这么容易招虫，外面买回来的从来看不到一条虫，一定洒很多农药。

好吃的东西人们爱吃，虫儿也爱吃，草莓、西红柿、蓝莓我都种过，在枝上想等它们熟些再采食，等着等着，不小心就被鸟儿虫子早先一步，它们一样挑嘴，时候不到也不吃，好吃的一定抢着吃。

香港地窄人稠，水果大半进口，草莓、蓝莓甚至非常娇弱的覆盆子（raspberry），放久了会缩水、变干、变硬，变成塑料一样的东西；不时也吃到过期不坏的牛奶、酸奶，马铃薯不发芽，面包不长霉，生菜不烂甚至鸡肉也久存不坏。有次出去度假回来，忘在餐桌的牛奶整整一星期，居然没有变味走样，简直神奇。因此吃到有虫的草莓，喝到会坏的牛奶，吃到会腐烂的鸡肉，心里感到特别安心，知道那表示没有添加过量防腐剂、化学药物——那些吃多了将来尸体都不会腐烂的各种添加物。

相对来说，在伦敦居住的时候，可以放肆大吃各种水果，因为起码欧盟规定：不可使用紫外线照射食物，也反对基因改良品种，水果必须在枝成熟（vine ripened）才可摘采。

越来越多的东西无法让人相信，那些连细菌都无法入侵，也不会腐化，只是不断干枯下去，最后成为塑料一样的异物，难免让人怀疑：肠胃能不能消化吸收？想到这儿，难免忧虑：有一天不再是人吃食物，而是被自己吃进去的食物所销蚀，人吃进去无法消化吸收的食物，食物里的毒素沉积在人体里侵蚀人类的肉身。

报导上说，一棵高丽菜，一个苹果，一棵马铃薯，在收成之前，起码经过十七次以上从化肥到杀虫剂、抗生素等等的喷洒。苹果皮、红萝卜皮本来养分很高，到头来，削了皮都还无法除去残存的农药及其他化学污染物。鸡有荷尔蒙，牛奶里有戴奥辛，鱼有铅镉金属污染，鸡有禽流感，猪有口蹄疫，牛有疯牛症，人类的未来还可能不断产生各种前所未知的新病毒。

小时候在乡下，溪水是清澈的，用手捧起来就可以生喝，井水也甘甜清澈；现在没人敢喝天然泉水，土地水源都已经被我们污染，人类自断生路，无所知觉。后来溪水变黑，有的变红，变绿，因为各种工业化学污染。早先住过淡水沙崙海口，那清净的河口潮水进进退退，碧波荡漾，涨潮时鱼群结队，清晰可见。出国多年后，偶然回到滨海旧地重游，整个河口下游一片沙地囤积着垃圾，满目疮痍，触目惊心。

小时候买菜，一块肉是用粗纸包好，再用一条麻线系住；买豆腐也是用莲翘叶包着，翠绿与纯白，美丽的组合；小时候吃便当，包装是薄薄的木片，这些垃圾就扔在后院的垃圾堆里，隔一段时日就焚烧，然后成为堆肥，来年就是有机肥料，底下还钻动着忙碌的蚯蚓。

吃什么，怎么吃

到了这个地步，我们终于才问：吃什么？怎么吃？

绿色思想，健康生活（think green，eating raw and organic），这是二十一世纪的饮食趋向。所谓的green lifestyle，传统的有机耕种再度受到重视，有机食品也加速普及。纽约每个街道邮区（zip cood）就有一家健康食品店，麦草绿油油的，像要喂兔子一样堆在店门口，给人清新健康的感觉，自己仿佛是一头牛，而不是一个吃肉喝酒的堕落之人。

生鲜的咀嚼，无烟亦无油，这是现代纽约人的饮食风貌。生牛奶、生奶酪、豆奶、扁豆、苜蓿……能生食的就不必烹煮，超市里果蔬生鲜清脆；洋葱、土豆、香蕉、苹果，一篮篮地放着；鸡蛋、草莓装在纸盒里，就像小时候塑料袋还未普及之前的天然、健康。塑料袋与冷藏技术的发明，加上运输的发达让地球上的人可以吃到千百里之外的食物。为了改变人们的饮食习惯，大型超市应运而生。三十年后，根据《基督教科学箴言报》的报导，美国传统超市百分之二十六倒闭，人们的饮食习惯都不再如从前。开车往高速公路边的巨大超市，推着有四个轮子的购物车，采购一个月的食物，塞满巨无霸冰箱的时代已经逐渐消失。

百分之三十三的人们吃新鲜烹制的食物，超市的冷冻食品区域逐渐缩小，热呼呼的熟食越来越普遍，超市里设有面包房，终日弥漫着香喷喷的面包味，各种谷麦核果全麦有机面包，应有尽有；熟食部的鸡肉、烧鱼、烤蔬菜、寿司、色拉、面食、凉拌菜，买回家就可以吃。

在伦敦一般超市，有机食品从肉类、果蔬到咖啡、茶叶、面包、酒、牛奶饮料……基本上都有足够的选择，有机食品之普遍，几乎到了无所不有机的地步，即使床垫也强调有机。有人曾因使用某品牌床垫导致慢性疾病，将厂商告上法庭，让厂商赔上巨额医药费。

开玩笑的时候甚至可以说：要一个有机男友——天然、健康，不含化学成分，没有添加色素，未经基因改良，纯种，而不是高级的人造生物，专吃胆固醇，长期在压力下超时工作，烟不离手，长一个啤酒肚。最希望是有人能发明有机素食巧克力，怎么吃都不发胖，甚至异想天开地希望能有一棵结巧克力果实的树。

新鲜果汁、茶饮成为健康人士的最爱，食坊里天然花草茶的种类已经超过咖啡的品牌，绿茶代替红茶放在显要位置如二十世纪八十年代的台湾一样，茶馆在纽约时髦的地区以纯粹而绝然的姿态悄然而立。难以想象没有咖啡无法开始一天生活的纽约客，开始懂得偷闲在茶馆里享受一杯花茶的清香与片刻的宁静！如今，在纽约最新上市的饮品居然是中国人最擅长的各种高汤，它被提炼成清澈透明，具有多种口味、不同成分的高级养生饮品。

新饮食文化，俨如一场肠胃革命，从有机农产、生食、慢食运动，延伸到追溯食物来源，支持本地农产，反对基因改良食品，吃含丰富活酵母菌、矿物质、纤维的生食的运动。

生态学将发展成为一种意识形态与宗教。二十世纪八十年代，新烹饪（nouvelle cuisine）大狂人亚伦·桑德兰（Alain Senderens）采用当地食材，回归地方风味的简朴与传统的烹饪法，成了二十世纪九十年代末兴起的慢食滥觞。

随着反对全球化的风潮兴起，意大利记者卡洛·裴翠尼（Carlo

Petrini）在 1997 年发起了慢食日（Slowing Eating Day），反对快餐连带反对全球化——那种简陋单调匆促草率的饮食方式，应该彻底消失在文明生活之中。

自从 1961 年雷·科罗克（Ray Kroc）买下麦当劳（McDonald's）的招牌，建立了麦当劳连锁店以来，全球拥有两万家麦当劳，类似的连锁快餐店已经霸占全球，快餐早深入现代人的饮食习惯。

慢食原是最古老的饮食方式，比如坚持用老祖母的方式花八小时炖一只猪脚，用二十四小时熬一锅浓汤。地道的英国茄汁焖豆熬煮需时一天，执意要慢，要用心思去对待食物，追究每一棵青菜的来源，每一块肉的来处，执意反对快餐与机械式的生产与市场垄断，基因改良种植。凡此种种皆关系着政治与经济的大议题，食物在二十一世纪因此也是一门政治学。

国际慢食组织成立的“品味方舟”（The Ark of Taste），以意大利古城奥维托城内一艘“诺亚方舟”为象征，旨在寻回失传的口味与食品。比如世代承传的“汤头”，因不适合大量生产或方便运输包装而被冷落以致消失的食物，或因过度采食而绝迹的物种。过去一百年来，世界上有三万多种食物消失，平均每六小时就有一个品种绝迹。“品味方舟”成立以来已经挽回 130 种濒临绝种的食材，如：制出的面包绵软持久的爱尔兰地区特产的麦类，土耳其养蜂人培植的几近绝种的能发出异香的珍贵蜂蜜。

国际慢食组织发起人裴翠尼设立生态美食大学：The University of Pollenzo，旨在将烹饪艺术提升到学术层次，传承与发展消逝中的烹饪传统，研究自给自足的烹饪方式。在理论与技巧之外，兼有品尝课程，每年招收六十名学生，包括本科生与硕士生，年费一万九千欧元。考试项目包括食品历史、人类学、消费社会学、生态学和农业地貌学等，学生必须到不同国家与厨师切磋厨艺。

美国慢食组织出版纽约《蜗牛指南》（The Snail Guide），等同米其林的餐饮评鉴，以持续性、厨艺、传统、气氛四项作为品评标准，重点在保护本土食材，培养本土经济，反击商家垄断。同时避免食物在运送、储藏、销售过程中的折损（一道菜从地里到餐桌平均运行 1500 公里）。

然而，慢食的本意在时尚挂帅的时代，不免又沦为昂贵的时髦消费。当今纽约最著名的慢食餐馆巴柏（Baboo），以价钱昂贵、座位难订著称，提前三个月预定还不保证有位子，这是为愿意花两百元美金（个人消费）吃一顿晚餐的人开设的。

那里的食物也未必尽合大众口味，只有真正欣赏意大利家常菜的人，才体会得到巴柏这种老祖母时代的烹饪之地道——以鸡鸭牛羊的五脏六腑做成的馅或用蜗牛炖汤的独特风味。巴柏最大的本事其实是他们殷勤周到的服务生，尽其所能地展现魅力鼓动客人喝酒，从一杯48美元的开胃酒，一盘45美元的意大利面食，一直到主食、饭后甜酒，不同菜式配合不同口味啤酒，除非钱包够厚够深，要不吃一餐饭的压力对一般人而言委实太大。

慢食、生食当今都是时髦人士的顶尖时尚，看热门电视节目《欲望城市》就明白一点：那些去生食店里的都是漂亮女人，在生食店里工作的服务生都是健帅的男人，到生食餐馆的人不仅时髦，而且性感。

慢食主张追溯食品来源（traceability），从种植过程到面世成品，都有详细的出处产地、成分、有机标证……包装上没有产地，没有厂商，没有内容标示，没有营养成分说明，没有出售、使用期限，没有注明是不是基因改良品种……便引起消费者的疑虑，现代人读食品包装如研究保险条例，生怕遗漏了什么，造成对健康的威胁。

我们终于又回到传统的饮食习惯。随着季节吃不同的新鲜菜种，提着篮子去买菜，抓一把新鲜带水的菠菜，挑一把带着青翠绿叶的红萝卜，选几粒新鲜的苹果，闻一闻菠萝的酸果香，这是与自然保持友好健康关系的基本，也是买菜的乐趣。食物一包包装在塑料袋里，等量等价，甚至形状大小都规格化，方便懒人推着购物车随手拣起往推车里扔，结账的时候，让机器过目。那本来有色有香的蔬菜，在全面机制化的过程中只成了一项商品货物。

刚到西方，水果蔬菜很多不是论斤论两，而是一个个标价出售，芒果、蜜瓜、奇异果、菠萝、橙、生菜等等，都是一个个算价的，这些水果的大小也被控制得不相上下，有如机器生产。食物被机械化，人的生活也被机械化，许多生活里微小但基本的情趣在不知不觉中逐渐流失，我们无知无觉。直到胃口也被标准化，以致全球化，也就是统一化、单调化、呆板化。

第十四章　她曾经是个好厨娘

高原大山

这是关于一碗面的记忆：在行车的夜路中，在云贵高原的大山里，在山间行进的长途汽车，以及车轮摩擦地面的嘶嘶声响，夜里孤高的星光，山脚下寂静的村落，遥远的狗吠。

我要去哪里？我在大山中，在黑夜的包围中。

已经到了很深的山里，很深的夜。司机把车停下来，叫醒睡在旁边卧椅、卷在红花绿叶被单里轮班的另一个司机，朝车里乘客下了个吃饭令，车厢里的乘客就纷纷起身下车，犹如军令之不可违逆般。

在漆黑的山色里，清凉的夜风中，路边小店摆在厅堂中的炉火开了，嘶嘶作响的瓦斯炉火喷着诡谲的蓝焰，师傅劲瘦有力的手抓着菜铲，肩上担一条毛巾，脸上泛着一层油烟水汽的亮光，带着炉火的青蓝，生猛地煮食一锅连汤带水的面。

水滚了，面熟了，散乱的乘客不约而同拿着碗筷来到炉火边，轮番递过空碗，盛上一碗热腾腾的汤面，走到一旁，找个自己安适的位置，默默吃完那餐面食。

没有选择，没有挑剔，没有问价，没有什么喜欢不喜欢，有什么就吃什么，给什么就吃什么，谁都一样，穷的、富的，男的、女的，站着、蹲着、坐着……

那些站在黑暗中，捧着面在手里呼噜噜吃得尽兴的男人、女人中，我记起她的黑马尾，尖窄的额头，消瘦的腮帮，和她嚼面喝汤的呼噜声响。她脾气随和，吃过面邀我一起去沟边的茅厕解手。

夜路不好走，她说。伸过手来拉住我衣袖。我们便如同行的姊妹。

上过厕所，喝茶，抽烟，咳嗽，吐痰，三两句没头没尾的对话，然后，司机回来了，车门开了又关，一一又把原先的座位填满，开窗，关窗，咳嗽声音减少，车子逐渐安静下来。山的影子，月的清灵，风的呼啸，轮胎的厮磨，慢慢又回到一种行游的速度，旅客相继又回到各自的睡梦里。

我睡过一阵，偶然醒来，车子停在路边，司机下车小解，一柱液体洒落地面，一股热气腾升而起，司机一边拉着裤裆拉链一边就上了车。

凌晨四点，抵达山腰下的大理。寒冷的雾气中模糊坐落着庞大的山影，下车的旅人各自散去，我开始在清寒的陌路上寻找居住的旅馆……

那是一九八九年，秋日某夜在中国云南。那一碗面四角钱人民币。那面是什么滋味，什么样相，已不复记忆，就记得那些晃动恍惚的身影，在黑漆漆的山路中，在深沉静默的大山里。

这不过是一段无关紧要的行程，偶然中记起的生活片段，却记下我行游浪荡的年岁里，在那种荒芜的夜色中，感受到的一个旅人在陌路的孤独。

走过许多长途夜路，经常在路边食用千篇一律的公路快餐：汉堡、炸鸡、薯条、可乐、比萨、三明治……在不同经纬度的不同城市，美洲欧洲非洲亚洲，这些是叫人一吃就失了方位与身份的标志饮食，走进去就是一个连锁快餐王国，一个人不需要身份就可以互相认同，再不识什么叫乡愁！

米饭肠胃

小时候经常吃面线，有个卖面人固定在黄昏时刻踩着三轮车来到我们玩骑马战、捉迷藏的晒谷场叫卖干面，一卷卷粉白的面卷在粉红色的包装纸里，圆滚滚露出头尾一截赤裸的白。

卖面人一出现就提醒我肚子饿了。娘用水煮开面线，拌酱油猪油味精，油腻滋润的美味可口，肠胃在朴素生活里极易满足。

祖先是南方吃米的族类，一切米类制品都贴切肠胃。我们以米面划分本省和外省。上了学到小镇上略开了些眼界，同学里有说客家话吃糍粑的，有说外省话吃打卤面、炸酱面、芝麻酱面的不同族类。对牛肉面、阳春面、饺子、锅贴便有了一点启蒙的意思，带着北方的优势。

那是外省统领的时代，一碗无关痛痒的面居然也有这样的政治意味，人类之语言、文化，从最基本的衣食住行，都可以是政治权力的另一种延伸。

开始吃牛肉面和开始吃西餐一样，浅薄的意思是逐渐脱离乡土，而乡土曾经就是一种落伍和俗气的代称。有一代人居然曾经极力想洗刷自己天生的本色，如迈克尔·杰克逊之将面皮由黑变白。直到我们开始知觉本土，意识自我，又努力要寻回那些一度被摒弃的乡土风味，一个年代就已经荒度过去。

失眠的孩子

后来，就不一定叫一碗面了。面可以是装在盘子里，用叉子卷起来吃的意大利面条（Spaghetti）。第一次吃意大利面条是在台北的鸿霖餐厅，绿荫夹道宁静优雅的仁爱路上，一九七六年。那地方叫西餐厅，凡所有放平盘里用刀叉吃的食物一概统称西餐，都不分是托思卡尼意大利，还是普罗旺斯法国，或者波士顿美国。

那餐厅有苏格兰威士忌、葡萄牙波特酒、金尼士黑啤酒、波尔多，也有牛排、龙虾、意大利面食。我与蓓蓓和她四岁的双胞胎侄女共餐，双胞胎的父母是当时家喻户晓的电视红星。

两个头发鬈曲、眼睛圆而亮的女娃，坐在餐厅特别加高的高背椅上，胸前挂着白餐巾。别着蝴蝶领结的男侍伺候着两位小客人。

小公主们把叉子握在手上，挑了挑滑不溜丢的面条，试也没想试一下，同时放下手上的叉子，心事重重地说：“吃不下，夜里失眠了！”一个解释，一个点头附和。

五岁不到的孩子，用这么深涩的字眼！失眠？习惯劳动的乡下，一个人的疲累都来不及休养，哪来闲工夫失眠？谁胆敢失眠，仿佛罪大恶极，仿佛只有城市里的时髦人，忧愁的有闲阶级，颓废浪漫的文人雅士才有失眠的特权。

那时候还没有艾滋病、麦当劳、忧郁症，也没有摇头丸、解忧丸、伟哥或什么伟妹。第一，没有很多小孩这么小就上这么高级的餐馆吃西餐；第二，没有这么小的小孩用失眠的理由拒绝吃食；第三，没有这么小的小孩患失眠，即使患了失眠大概也不知道什么叫失眠，那是有睡眠烦恼的大人所使用的字眼。

我不可置信地望着她们天使般的小脸蛋，想明白她们有什么烦恼，为什么失眠。

她们都不知道什么是生活就已经有了失眠的烦恼。假如她们的童年如我一般在田野里树林间追逐戏耍，夜梦里也许也会发出欢愉的笑声！

如今，周围许多人患失眠，仿佛不失眠还有点赶不上时代。

我依然好吃好睡，这是从小养成的习惯。而意大利面食也普及成大众食品，拿筷子的手一样善于用叉子，不若当年用刀叉面条在盘里便如一场厮杀，每一根面条都如亡命泥鳅，在叉子的缝隙间流窜。电视上还有教人如何使用叉子进食意大利面条的画面，是当时的时尚。

革命的白菜

"同志们，来一碗革命的白菜！"他说。把下巴缩了，压低了嗓门装腔作势摆威严。

我们并不真要吃白菜，也不随便谈革命，那一批赶在你我之前，铁幕一掀开便捷足先登的西方新闻工作人员，总占第一线。他以这么一种优势，在我一个台湾人面前卖弄一点共产党的语汇。

他刚从北京来，便炫耀那么一点带着革命色彩的中国味，唬我这个见识浅薄土生土长的台湾人。是有那么一个年岁，处在说不好国语也未必懂得英语，自己的母语又如此暧昧不清的尴尬处境。

我印象中的八十年代初，革命、爱人、同志，居然是危险中带一点前卫刺激的说辞，“左”也曾是一个前卫标识，都因革命不曾发生在现实生活里，隔着距离，一切禁忌与悲情都显得抽象鬼魅，带着荒谬戏剧的一点虚无。

我没本事追赶时代，要说的也不是政治，而是关于油面和阳春面所关系的不同意味。我同这位驻京的西方记者朋友，一起去伊通公园附近的巷里吃路边摊。朋友要台湾油面，我要阳春面。油面带着淡淡的碱味，用长柄小竹篓，放一撮在滚水里捞几下便拿出来倒撒汤碗里，加一点油葱五香粉、一撮豆芽、几根韭菜，地道的台湾口味。我喜欢的是大陆面，滚水里煮开的一团生面，几片青绿的白菜一点葱花，滑韧爽口带着面的清香。

你是台湾人为什么不吃台湾面？朋友问的没道理，似乎又有点逻辑。一碗面本来没什么大道理，我却用心想了答案：以为自己久居城里，胃口起了变化，不再热衷乡下的粗茶淡饭。

朋友用筷子一边吃，一边说：“中国人肯定聪明，用筷子吃面，多艰难的技术。”

他其实因为用筷子用得得心应手，借机夸耀，显示他不仅入乡随俗，而且有不亚于中国人的聪慧。

中国人不是唯一使用筷子的民族，东亚诸多国家也是筷子天下。西方人用的刀叉，握住一个把柄叉下去就能吃，筷子两根细细长长，各不相干，非得靠着几根手指协力合作，力点平衡才能运用。所有用筷子吃饭长大的孩童，多少都吃过用筷子的苦头，我小时候整整一年才松开握筷子的拳头，练就夹菜吃饭的本事。

早年搭日航班机从纽约回台北，机上供应日本面食，筷子的包装套上印着如何使用筷子的图文说明，机上男女老少都战战兢兢，唯恐拿不动筷子，失了面子又饿了肚子。

一双筷子，用点小小的技术，不轻不重，不骚扰，不暴虐地夹起食物，相对于刀叉之原始直接，一叉算数，筷子似乎倾向于操演的文明而刀叉着重于实际的便利。用筷子的人也以为刀叉是厨房里的家伙，不该登堂上饭桌，孔老夫子若在世，恐怕会说：席不正不坐，肉不方不食，刀叉不入席。

我跟朋友这样说，他辩解：吃，是一种文化经验，是味觉感官和肠胃的满足，是形式与内容的一致，是气氛与格调的和谐，是人与人交流的方式，是文化和艺术的实践。

吃，果真是门值得深究的大学问！

小时候吃米粉、米糕、米签，一个纯粹米食的肠胃。生日的时候，才吃猪脚面线，寿面做得绵延细长，吃的时候不能咬断才得长寿。据说有傻女婿吃寿面，夹起长面条，一口吃不进，站起身来，面还是太长，爬到椅子上去，面长不见尾，搬来梯子，爬到屋顶才把面吃了。吃个面像一场特技表演。所幸现代人吃生日蛋糕，再傻的人也不会遭遇这样的难题。

伊丹十三

日本电影《蒲公英》（Tampopo）在纽约上演的二十多年前，伊丹十三还没有绯闻缠身，自杀身亡的悲剧也还没发生，谁也料不到后来是这样的结局。当时痴迷他的电影，惊喜他在荒诞和喜感中渗透的悲凉人生。到头来这样了结自己，如他遗言：只为流言伤身，以死证明自己的清白，实在死得草率任性。

那一场《蒲公英》里走火入魔的汤头料理，鼓动了我的肠胃，挑逗了我的食欲。看完电影，和同行友人在电影院附近的街道来回搜索。夏日黄昏的纽约，白日未尽的暑气里，带着饥渴的肠胃，任由欲望驱使着脚步，在人群骚动的街道，寻猎一种属于面食和情绪之间的神秘召唤，尖着鼻子，嗅闻空气中夹带的各种都市怪味，就是闻不到伊丹电影里那妇人面汤里的鸡汁、肉骨、柴鱼香。

最后，终于在东村街角的地下室找到一个挂着蓝底白花窗帘的日本面馆，我们寻找的欲望天堂。那一碗海鲜乌龙面，一片粉红色的仿制龙虾肉，一片艳黄的腌萝卜，一只虾，一颗蛤蜊，喝下一口面汤，垂头丧气大失所望，那面看起来可口，吃起来单调乏味，如女子的浮华虚饰，不堪细究。

那是伊丹的法术，他能让一个已经断气的母亲，在四个饥饿的孩子面前，骤然坐立起身，本能地走到厨房，熟练如常地炒饭做菜，之后，看着孩子张口扒饭，才又安心躺下去死。

家里一个远房亲戚病重，手术当中，血压急降，心跳停止，医生已经宣布回天乏术，要家人做好心理准备，她却奇迹似的回过魂来。事后，谈及她的死里逃生奇遇，她说："其实已经去了很远很远，临时突然想要吃一碗鸡蛋煮面线就决定回来了。"

冥世阎王想必没有这番幽默，料是她尘缘未了，时辰未到。

食物由此，关系着生死爱欲，关系着一个人的情绪，味口亦随环境迁移而变换，随年纪而累积，吃的习惯也因时因地而改，而且越吃越挑，生活里有些东西因此变得简单纯粹，有些东西变得复杂难缠。我的胃口终究被饮食的丰盈惯坏。

离开香港前，在新识的朋友家吃饭，尔后在伦敦偶然重逢，友人热情招呼，亲吻拥抱。

不记得我吗？你到过我们在薄扶林山腰的家，从窗户就可以看到你岛上的三根大烟囱。

我恍惚记起落地窗前入夜的海景，不远处岛上顶天立地的三根大烟囱，但是，主人是谁，为什么去他家，见了什么人，做了什么事，却无线索可循。就在我茫然失绪的时候，奇迹似的记起落地窗帘晚风吹送，空气里闻到一股清新的罗勒香，立刻联想起餐桌的青酱方馅饺，罗勒松子奶酪蒜头橄榄油。它们一一通过嗅觉神经进入记忆系统，开启记忆的密码，重现晚餐的图像。

你妻子是意大利人，晚餐吃小方饺（ravioli）拌意大利面酱（pasto），还有酸豆蒜蓉烤鲈鱼，芦笋色拉，火腿蜜瓜，我记得餐桌上每一道菜，甚至兰姆酒做的浓郁的甜点Rum Baba，但是，我到底记不起请客吃饭的主人夫妇是谁。我感到羞赧，对食物的记忆可以如此清晰，对人如此健忘。

二十年失去联络的朋友，久别重逢，来伦敦居处过夜，几顿餐饭之后，他慎重结论：你已经成为一个好厨子。（You have become a good cook！）

是恭维？还是警示？我不免大惊：二十年光阴，所成就的就是一张好吃的嘴，满足的只是肠胃？我的青春！我的才智！

生活里不时在不同衣服的口袋搜到不同时日留下的各种宴客菜单，它们也散见于我的记事本、墙上日历、购物袋、背包、冰箱门上和随处可见的便条纸中，那菜单食谱遍布在我生活的角落，无所不在。

我不免遗憾：日常形迹里未曾留下美丽的诗句、动人的诗篇，哪怕是被遗忘的钞票都比过期的菜单值些。

夜里就做了梦，应该去上班，却去了市场，在市场浪荡太久，忘了回家的路，在地图上寻找方位，看到的地名都是食谱菜单，我住拉面区，麻婆豆腐街，教人困惑至极，整个城市的街道都以食物命名。最后，我搭蒜头公交车回到家，看见自家门牌地址成了墓志铭：她曾经是个好厨娘。

醒来，我就认了命，并设想在有生之年，应将招牌好菜连同独家秘方妥善记录，传诸后世同好，方不负厨娘之美名。

第十五章　新欢旧爱

新欢旧爱

厨房里总要有几样东西，生活才有安全感，即使遭遇地震、台风、恐怖袭击、饥荒、战乱，只要知道还有这么几样东西，起码就能做出管饱而不失美味的食物。当然，最好也有一个男人，以备打不开瓶盖之类的不时之需。

洋葱、马铃薯、西红柿、红萝卜，是我的厨房四宝，犹如文房四宝（笔墨纸砚）。厨房里的基本蔬菜都是常年供应，并且可以留存一段时日，即使停电或没有冰箱存储也无忧虑。其实，如果不幸灾难临头，大概也甭想有瓦斯或电源可以烹煮了。所以，这些食谱还是要留给那些知道如何绝处求生，能用一片笋壳（竹笋成竹后脱落的笋叶）生火煮食的人。

不过，还是要假设生活如常、日日平安，无论何时何地想吃想喝的时候，都可以如愿以偿。如此，这些宝贝食物才有用武之地。

最家常的就是这四种基本蔬菜所做的蔬菜浓汤，法国南方的农家食谱，两颗马铃薯，两个西红柿，两根红萝卜，一大粒洋葱，放高汤里煮熟后打成浓汁，加上自己喜爱的调味料（葱、香菜、迷迭香、百里香、罗勒）就是美味健康的法式蔬菜浓汤，再有一点自家烤的新鲜面包，一盘生菜，热呼呼的就让人吃得心花怒放。

这是从玛利亚那里学来的食谱，简单朴实健康自然。玛利亚是聪明、世故、优雅、风趣、甜蜜、疯狂又不可捉摸的女人，是法国南边和西班牙交界之地喀尔加达的混血，祖母是西班牙人。她热爱自己的那一部分血统，狂野神秘的基因，玛利亚说：那是她的本性。后来的行事证明，她在生活里有诸多疯狂行径，比如二十八岁时爱上十八岁的印度男子，为他在印度租了宽敞舒适的房子，送他去上大学，以避免他过度陷溺恋情，难以分身。

那是玛利亚的说法，其实，更可能是防止他因太多空闲而拈花惹草到处留情。只是，任何明智的男子若识得玛利亚的厨艺等同在床上的技艺，肯定无法抵挡她的魅力。

我之对待马铃薯约略接近掠夺与剥削，总是洗干净一大袋子，不论什么种类、颜色、大小，不论什么心情，打算如何处置，经常是先在锅里放足水，一边煮着才一边思考如何吃它。

最简单、最赤裸的吃法，是将煮好的马铃薯去皮，撒些胡椒、盐、细葱末、奶油或者酸奶酪（sour cream），就能吃出马铃薯的原味本色（本来皮富营养，但也可能含农药化学药物残留）。吃不完的马铃薯，可以用来做色拉，也可以加碎肉或吐纳鱼罐头捣成泥，用洋葱或葱末调味，煎成马铃薯饼，配点生菜色拉，就是一道香酥美味的午餐，再加两勺原味优格，便有十足的印度南方风味。素食者可以加煮熟切细的菠菜或青椰菜，调以帕玛森奶酪和奶油做成饼状，或烤或煎都香稠浓醇。多的可以冷冻，随时想吃随时可以烤热或煎香，是冷天温暖肠胃的家常美食。

马铃薯加面粉、水或牛奶捣成泥，做成蚕茧状的面疙瘩，香韧有劲，口感特佳，配西红柿汁或戈根佐拉做的奶酪汁，都是可口简单的意大利家常食品，俄罗斯人也习惯这么吃。

再有隔餐用不完的马铃薯，用手掌压扁成饼状（不要全扁）抹些奶油或橄榄油，用烤箱烤得金黄灿烂，或以小火慢煎，配一道主菜，拌一道蔬菜，又是道简单容易、老少咸宜的晚餐。

一般用来烤或煎的马铃薯，煮八分熟即可（过熟的马铃薯烤时不容易形成表面那一层金黄），捞起来沥干，涂上奶油或橄榄油放烤箱烤至金黄酥脆为止，也可用高温烧炙（grill），一两分钟就烤出香脆表皮。

过去在纽约住处，同楼里有好些俄罗斯来的犹太移民，他们开着车子去买菜，载回来一大袋一大袋重达二十公斤的马铃薯、洋葱、红萝卜，不免让人想到他们身形厚重笃实，是不是因为吃那些成袋成袋的食物？纽约其实四季分明，食粮丰沛，储存的习惯也许是满足心里的安全感？总之，厨房里有了这几种蔬菜，基本上就可以变魔法似的，蒸煮炒烤煎，花样百变。

美国麦克·阿瑟将军在回忆录里提到战争时期的五种马铃薯吃法：做汤、煮、烤、做色拉、做马铃薯派，除此之外，别无它法。其实，这几种已经可以变化多端，有朋友去印度修行，住得比军队营房都简陋，她形容那里的伙食：马铃薯煮南瓜、马铃薯炒洋葱、马铃薯煮扁豆、马铃薯炖萝卜、马铃薯煮黄瓜……最后一道是马铃薯煮马铃薯。如果一个人吃什么就是什么（You are what you eat），朋友笑称：她终将成为一颗马铃薯，修成之后可以写一本《马铃薯的一百零八种烹饪法》。

马铃薯有好多种类，有的适合烤，有的适合捣泥，有的用来做汤；有的皮粗糙暗哑，有的皮光滑细嫩；有的肉白，有的肉黄；有的红皮，有的紫黑；有的质地绵密，有的生脆多汁；

还有小马铃薯（baby potatoes），还没成长就被吃食，像小乳猪、小羔羊（lamp）、小乳牛（veal）。美国爱荷华州马铃薯极为出名，烤出来质地特别细松，那里又是国际著名的文学营所在地，总难分开两件其实并不相关的事，热爱马铃薯与亲近文学用的是完全不同的身体器官，又不可厚此薄彼。

美国超市设想周到，或说现代人懒，也许笨，每一种袋装马铃薯都特别说明做法和用途，苹果也是如此，好像不如此标明用法，做菜的煮妇就将无所适从。现代人是如此习惯研读标签、阅读说明，除了确定每一种食物的成分、产地之外，还要计算卡路里、维他命、矿物质种种，似乎吃个东西并不是这么简单随意的事。

一个挑剔的法国朋友，坚持做最地道的法国四蔬汤，应该用带点沙质的粗马铃薯，吃到最后剩盘里，可以瞧见马铃薯细砂一样的质地，而非浓稠细滑乳糜状。这个法国人，喝酒也讲究，上厕所也知礼，凡他使用过的马桶，一定会将盖子盖上，门户大开的马桶对他而言是一种冒犯。

法国人大体上有吹毛求疵的小毛病，酒也不肯随便喝，不是酒庄原装入瓶也不肯轻尝，吃饭总是要质量，要格调，话也不能无聊，言不及义的饭他拒绝吃，严肃乏味的饭也不可吃，除了应酬饭他不得不吃。但是，他也说，餐桌上最善于将面包屑四处散落的也是法国人。

山西朋友称马铃薯为土豆，他用醋与花椒炒出清脆酸辣的土豆丝，凭他从小练就的刀功，炒的伎俩和火候，就能让一清二白的土豆脱胎换骨，成为下饭的可口好菜。

墨西哥友人施薇亚的玉米饼，里边裹着马铃薯地瓜泥，一白一橙，加上磨碎的干酪，简单明白，却是越嚼越香，土豆地瓜的甜润与奶酪的香醇，让不喜欢马铃薯与地瓜的人也要另眼相待。

不幸马铃薯这种长相跟名字都不雅的食品，真有先天不足后天失调的特性，只因长在地里，样子丑怪如疙瘩，凹凸不平，让人联想到麻疯病人身上的症状。而早期人们因为不谙马铃薯，吃了发芽的马铃薯发生中毒后抽筋的可怖现象，便对马铃薯惧而远之。

十六世纪沙皇彼得大帝对马铃薯花一见钟情，十九世纪的尼古拉一世为了满足他私己对马铃薯花的钟爱，下令农奴遍植马铃薯，引发了“马铃薯暴动”。那时候他们还不知道马铃薯会成为活命的日常主食，并且无可取代。

爱尔兰四分之一人口一日三餐，主食到甜点不离马铃薯，那个国家竟因吃马铃薯而将人口吃出两倍来。但那种对食物的过分依赖也造成了灾难，1845–1849年的卷叶病导致马铃薯失收，饥荒饿死上百万人。

梵高名画《吃马铃薯的人》，一家人愁苦悲伤地吃着马铃薯的凄凉景象，最能将人们带回苦难的记忆里。

马铃薯也是各种浓汤的基本配方：马铃薯大葱浓汤、菠菜浓汤、巧达、罗宋汤，甚至咖哩、红烧都少不了它，用马铃薯可以随意做出各种美食，它是一种朴素、谦卑、平实而又温馨的大众食品。

最后，用生鲜的马铃薯切片敷脸，具有显著的美白效果，这是匈牙利女友安德烈亚姨妈的秘方，她做菜的时候，不论什么瓜皮果蔬，都顺手拿来敷脸，到老都有一张柔细如凝脂的脸蛋。

洋葱的挑逗

饮食作家罗尼·郎迪（Ronni Lundy）说：处理洋葱亦如谈情说爱，需要专心一致，不断努力，奉献时间而且懂得流泪。

埃及人将洋葱当作永恒的象征，宇宙多层次的暗示，他们以洋葱起誓，并陪伴法老一起埋葬在金字塔里。

匈牙利朋友安德烈亚用洋葱皮熬汤治感冒，是祖传的偏方，洋葱表皮含有大量的葱蒜辣素、硫化丙烯，具有发汗解热的效用，可用来治疗初期感冒，有与姜汁红糖类似的功效。

几乎所有的汤头料理，都少不了洋葱提味。即使不会做菜的人，请客时先在厨房里炒洋葱，那阵阵洋葱香味就足够刺激等待中的客人的食欲，真正吃饭的时候，什么菜下口都将美味无比，这是宴客小秘方之一。

洋葱是穷人的松露，罗伯特 · 寇特（Robert · J · Courtine）说。玛利亚妈妈的冰箱里，常年有个密封的塑料盒，盒里藏一颗黑松露，周围放些鸡蛋，松露的香味逐渐就渗透到鸡蛋里，做鸡蛋时并不需要使用真正的松露，光是鸡蛋里的松露香味已经足够让一道菜洋溢着松露香。这是玛利亚母亲吃松露的方法。玛利亚说：松露的味道极其浓烈，些微少量，才是正确的吃法，多了反而吃不出味道，就像女人身上的香水，在其幽微神秘，过于浓烈，反而刺鼻。

德国的鞑旦牛肉是用切碎的洋葱混合碎牛肉而成，生肉软润的质地配合洋葱劲辣爽脆的口感，咀嚼起来特别生动刺激，需要一点胆量才能享受那一点生猛劲辣。印度菜里有道蜂蜜烤鸡腿，配生洋葱丝拌切片橙肉，雪白中的橙黄，辛辣中的鲜甜，混合在一起便像外遇中激烈又不安的感官冲击。

烤羔羊腿（leg of lamp）的时候，也习惯切一大盘洋葱丝，撒上半个柠檬的汁，两匙鱼露，拌着脆绿清凉的薄荷叶，和烤好的羊肉一起吃，味道胜过传统习用的薄荷酱。

加勒比海地区的吃法，是将洋葱剁碎加鲜芒果丁、薄荷、红洋葱末、莱姆汁、橙汁、圆帽椒粒、盐与姜汁，拌好存放冰箱，配烧烤的海鲜一起吃。以洋葱、薄荷与莱姆汁当基本材料，可以随个人口味与菜式变化成不同的调味酱。洋葱如此单纯，味道浓烈辛香，而且越辣越有营养，的确像个风流寡妇，单单自己无依无靠，但是，与任何人随便勾搭都是生香活色，精彩有味。生活里有了洋葱，就增加了无数做菜的趣味和灵感，犹如就地取材随机应变的创意游戏。

已故诗人也斯（梁秉钧）有一首流传的洋葱诗：

他们说洋葱并没有什么了不起

活该它近来一再受到批评

尽管穿着乡土的外衣

它的姓氏听来就不可信赖

成分也不怎么好

剥开一层又一层

里面居然会没有什么大众公认的内涵

真是形式主义

他们结果用严正的言辞彻底取消了这简单的东西

我这个老在做饭的人

剥着瓣瓣参差的形状并没有明确目标

心不在焉地染了满手辛酸

不想就用比喻言说

眼睛有点痒痒的

却不是由于伟大崇高的感情

一层盖一层寻常事物都不一样

可薄可厚可轻可重

轻微的变化滑出习惯的模式

日常生活也需要凝神

你是跟我不同

剥开的过程里也触动了我

那股辛辣爽甜澄明又暧昧

要找新的字词去说分明

怎的却老被贬说太容易坦露自己教人看清楚

他们裹着长袍呷茶说风雅的花事和灯谜

我寻找另外的文字

波兰女诗人也有一首洋葱诗：

洋葱在此别有所指

除了绝对的洋葱真味里满溢的真诚洋葱

它没有实质的内涵

此等洋葱此等内涵

随着洋葱旨意无需人们的眼泪

一片片一步步平静迈向内心的宁静

一层少过一层亦无损它的核心价值

第二层包含第三层

第三层包含第四层

直至中心的回旋

最后的众生齐鸣

巫女的毒果

西红柿无所不在，无处不欢，是厨房里的基本食材：西红柿炒鸡蛋、西红柿蛋花汤、西红柿白菜、西红柿土豆、西红柿沙粒，风干西红柿、梅汁西红柿，凉拌西红柿……西红柿做法多样，从欧洲到美洲、亚洲、非洲，普及全世界，做意大利面条、做罗宋汤、做色拉三明治……炒它、煎它、烤它、煮汤、做酱、调味、风干……生活里没有西红柿，做菜会缺乏灵感，食物将黯然失色。

它就是一种喜欢搅和的蔬菜，连蔬菜的本分也不守，还要越界充当水果。

蕃茄切片与牛油果，或意大利马摩渣瑞拉奶酪，拌罗勒、橄榄油、巴山米克醋，再有点嫩叶生菜，简单的生活便可以吃出滋味与健康。西红柿培根生菜做成的三明治简称 BLT（Bacon, Lettuce, Tomato）。

蕃茄成了厨房里的常备蔬菜，富含维生素 A、维生素 C、糖类、纤维素、蛋白质、有机酸、钙等多种养分，还有减肥、抗老、美白、消除酸痛种种说法。

台湾西红柿因生产过量泛滥成灾的时候，是否有人想到可以做成蕃茄汁、制成蕃茄酱罐头或是晒成蕃茄干，以备灾难发生时救急之需？

西红柿在中国大陆除了叫西红柿之外，还有洋柿子、蕃李子、六月柿的说法，最奇特的名字叫“狼桃”。由于西红柿叶子具有一种使蚊虫不敢接近的异味，加上成熟的果实妖艳如火，让人生疑，而印地安巫师相信食用未成熟的西红柿，可以增加通灵的能力，西红柿是以带着神秘的色彩，并被称为巫女的毒果。

拉斯维加斯迷信的赌徒们流传着吃西红柿可以带来好手气的说法，原因不过是有个经常赢钱的赌徒斯卡尼（John Scarne），声称吃西红柿能带来好运，个中奥秘显然源自迷信西红柿所具有的神奇法力。

西红柿原是南美安地斯山区热带雨林中自生自灭的茄科植物。十六世纪时，有个富有冒险精神的英国公爵在丛林中发现了艳丽的西红柿果实，异想天开挖了几颗带回国当礼物送给妻子。这个来自远方异地的珍奇异果，很快在王公贵族之间流传开来，被当成稀有珍品、示爱的礼物，美其名曰："爱神的苹果"。

到了十八世纪，终于出现一个具有冒险精神的浪漫画家，在禁不住西红柿的"美色"诱惑下，立遗书，准备吃下西红柿之后命归黄泉。

画家当然没死，结局是西红柿从此流传四方。

我们今天吃到的西红柿，是一百多年前的清朝道光年间，由意大利传教士所引进的。经过长期的配种改良，西红柿的品种与口味日渐增多，如今市面上有大红西红柿、圣女果、黄西红柿、樱桃小西红柿、梅茄，还有最艳丽丰盈的荷兰西红柿。平日常见的是炒鸡蛋、做汤、配白菜的大红西红柿和牛西红柿。

我炒西红柿、烤西红柿、酿西红柿、炖西红柿、炆西红柿，还用黄瓜、西红柿、洋葱，加柠檬、椰汁打成泰国式的西红柿冷汤，有别于用红椒、西红柿、洋葱、面包屑、橄榄油做的西班牙冷汤。我滥用西红柿，乱爱西红柿。

巧克力

巧克力是具有疗愈作用的精神安慰品，不少人在失意或失恋甚至饥饿的时候，需要一点带着微微苦涩的甜头；或纯粹只是贪吃、想吃、纵容自己放肆地吃；总之，可以给自己一百个吃巧克力的理由，或一百个不吃的理由。有人吃巧克力有罪恶感，觉得自己不该吃；或者，这东西实在太甜，吃了不是发胖便是牙疼，但又无法自制犹如坠入情网之不可自拔。

世界上最好的巧克力公认来自比利时，最坏的是英国巧克力，尤其是最普及的条状巧克力 Mars Bar，卖到海那边的法国、瑞士都遭人嫌弃，甚至禁止英国巧克力进口，理由就是质量低劣、不够纯粹。

意大利人在食品里放一点巧克力显示浪漫，同时也表示：

生活是美好而丰盛的（good and rich life）。电影、小说不少以巧克力为题材，神话了巧克力的魔力。

人的大脑是个化学工厂，食物是高度复杂的化学物质。忧郁症患者渴望碳水化合物来提高情绪；恋爱的人总想吃巧克力，纯属是挡不住一种甜蜜的诱惑。

法国厨师罗拉·柏蒂（Lora Broday）的名言是：不要让吃巧克力的欢愉败坏在贪吃的罪恶感上，巧克力不是婚前性爱，它不会让你怀孕，但总是让你心旷神怡甜蜜欢喜！

贝果

陕西人到了纽约吃了贝果（bagel）禁不住大叫：这不是我们老家的烙饼吗？

陕西人兴高采烈，去市场买回来几斤羊腩，炖了大锅羊肉汤，买一打贝果，掰了一大碗，加进热滚滚的羊肉汤，撒一把香菜，在千禧年里，在摩登的纽约他欢天喜地吃着家乡口味的饭菜，还异想天开要在纽约城里开一家羊肉泡馍店，或者索性回中国去开发贝果市场，犹太贝果与陕西烙饼已经难分高下了！

许多年后，台湾乡下我老家的街市上，也不期出现了 bagel，而且还有个好听的中文名字叫贝果，很难想象这种犹太人的传统食品如何抵达我生长的家乡，成为老少咸宜的大众食品。

贝果也是纽约的特产，原本是犹太人专门供产妇吃的食物，中间的圆洞象征生命的开始，也有幸运圆满的祝福之意。它是面粉发酵后做成圆圈形，先用水煮熟之后再用烤箱烤过，是以贝果有股特殊的韧劲。

记得在纽约犹太朋友家里吃到的正宗贝果，非常结实紧密，咬在齿间都还有几分纠结，味道之好，也是需要经过一番细嚼慢咽才油然滋生。没有一副好牙齿，恐怕体会不到贝果细致软绵的馨香，而且必须趁新鲜吃，隔夜的贝果硬得可以用来打狗，所以，又有个别称叫水泥多拿滋。

现在市面上的贝果，多半被加工软化，有的甚至柔软疏松，完全失去贝果本色，跟一般面包质地没有太大分别，除了圆形中间有洞的外型与浓郁的乳香。

伦敦最好的贝果，在一个老旧的小区里。那里聚集着买杂货果蔬的巴基斯坦人，那里的贝果外表虽然瘦弱干瘪，内里却柔韧带劲，咬起来满嘴奶香与面香，口感极佳，只是已失去原来密实坚厚的质地；伦敦超市特意将贝果软化，还注明是经过特别加工处理，好像英国人是习惯吃软不吃硬的。

早期贝果只出现在犹太人聚居的小区，做贝果的配方是高度机密，只传给店家的子女。后来有个波兰人在康乃狄克州开了一家贝果工厂，将贝果冷冻包装，销售到全美各地，自此扩展了贝果的市场，而且一路长销。贝果不仅畅销全美，进入二十一世纪，已经像可乐、牛仔裤、流行时尚一样，攻下亚洲人（包括中国台湾、日本、韩国、新加坡、中国香港等等）的肠胃。我们吃汉堡、炸鸡、比萨、贝果，他们也吃我们的豆腐、饺子、面条，还喝珍珠奶茶。

贝果之普及，从华盛顿的全美紧急医疗救护统计数据中可见一斑：家庭中最高比例的手伤来自切贝果发生的意外刀伤。大家为了冷冻贝果，都设想周到地先横面切开之后再冷冻，吃前取出再分开烤热。平常人或许意想不到切贝果需要什么学问，不过专家还是建议将贝果平放，刀子以平行方式朝中心切隔，切到一半再将贝果竖起站立，继续完成下半截的切割动作。

典型的贝果吃法是涂上软奶酪（cream cheese)，丰盛一点可以加上熏鲑鱼。早年在纽约多半是这样吃贝果，那时的贝果也只有芝麻、�葱、玉桂、粟婴子几种口味。当今纽约，贝果专卖店里口味之多、配料之丰，已经到了令人眼花缭乱、无所适从的地步：全麦、全脂、半脂、脱脂、无脂、低盐、茴香、橄榄、芝麻、蓝莓、玉桂、提子……荤素具备，几乎跟冰淇淋一样，不断创新口味。而贝果涂料之丰，由下面的种种口味可以想象现代人对吃之丰富创意：

烤杏仁蒜蓉

醍鱼

烤布利奶酪

蓝奶酪加烤山核桃

葡萄柚干酱

鱼子酱冻

鱼子软奶酪

苹果鸡肝

火腿加瑞士奶酪

酪梨酱

虾肉酱

香草戈根索拉酱

橄榄软奶酪

龙虾

枫浆软奶酪

南瓜软奶酪

豆腐芝麻

焦糖核桃软奶酪

粟婴籽软奶酪

蜂蜜核桃豆腐洋葱

烤灯笼红椒巧达奶酪

烤茄子

莞荽、芝麻、鹰豆

甜薯软奶酪

意大利烤蔬菜加鸡蛋

白豆、风干西红柿酱

旺角薄饼

与贝果一样，薄饼本来就只是简单日常的薄饼，随着全球化的风潮，也已风靡世界。

我们说薄饼，一种是美式早餐中的pancake，另一种是法式甜点crepe。前者用自发面粉（self-rising flour），做出来的薄饼有海绵般的质地，能吸收大量枫浆；后者用一般面粉（plain flour），做成一片薄韧的煎饼，裹上各式水果加酸奶或酸酪，卷起来后淋上枫浆（maple syrup）当甜点吃。

1989年，在云南大理一位纳西女子开的餐馆里吃到苹果薄饼的时候，心里并没料到：十几个年头之后，薄饼热已经燃烧到南欧希腊、香港旺角……而那一年在云南大理，薄饼不过是个来自美国的背包客，教了一个灵巧的纳西女子用鸡蛋牛奶加面粉煎制，加了香蕉苹果一起，涂上蜂蜜（取代原来枫浆）所带来的一点异国情调或者思乡情怀。

如今，曼哈顿街头的节庆里，波多黎各小伙子用三个平锅，使用特技般给等待的顾客现煎薄饼，有巧克力香蕉、草莓覆盆子加蓝莓，有苹果蜂蜜……世界各地的人们在格林威治村喝珍珠奶茶，在阿姆斯特丹吃过桥米线；巴西人热衷寿司，中国人爱上犹太贝果，我们意会到一个全球化的世界，在食物上如何带给我们惊喜！

纽约最夸张的薄饼店“Lady M’s Mille Crepes”，将薄薄的饼一层层叠到二十层，每层浇上鲜奶油、枫浆，吃的时候拿着刀叉从上往下切，那饱满的汁液就从层层相叠的饼间源源渗透而出，让人垂涎欲滴，难以抗拒。

枫浆之于薄饼，有如豆浆之于油条。枫浆醇美如琼浆玉液，是人间少见的美食之一。秋天时分从枫树的树干上收集的树浆，五十桶才提炼出一公升枫浆。质地比蜂蜜清稀，也没那份黏腻，有种沁心蚀骨、晶莹剔透的甜，吃多少都不嫌腻。加拿大是主要的枫浆产地。

日本人用可乐浇在薄饼上，让海绵质地的薄饼吸饱可乐，吃在嘴里，有可乐的甜味与泡沫的刺激，而且清凉多汁，是别具一格的吃法。日本人似乎对可乐情有独钟，喂牛喝可乐，给小孩喝牛奶加可乐。

薄饼的做法简单，也没有专家们说的那么难，唯一的诀窍就是耐心，它必须用小火一片一片慢慢煎。火大，心急，薄饼一定会烧焦，油也不可多，刚刚好将平底锅抹上一层光亮即可。只有恋爱中的情侣适合厮磨着煎薄饼，要不就到餐馆吃现成的。一家大小几口人要吃薄饼早餐，就必须有个伟大而又有无限爱心的母亲或父亲站在锅子前，一片片给大家煎，吃的人也需要有等待的耐心。

薄饼的吃法很多，随便切点现成的水果：香蕉、苹果、草莓、蓝莓、芒果……加两匙酸奶酪，卷起来，浇上枫浆就是滋味鲜美的早餐。

美式薄饼就是用一杯牛奶、一只鸡蛋、一杯自发面粉搅拌在一起，缓缓倒入锅里，小火慢煎，看它从一个点扩散成一个美丽均匀的小圆。再将锅子倾斜三十度角绕一个完美的圈，看着饼扩散成一个圆，一个个小泡泡冒出饼面，然后破裂；薄饼逐渐膨胀，然后固定成形，技术好的人顺手表演一招腾空翻饼的伎俩，翻过来就是黄澄澄的饼皮散发着奶油与蛋香，继续煎一小会，两面金黄。这过程简单，但变化无穷，给人极大的满足感。

把自发面粉换成普通面粉，煎出来就是薄韧的煎饼(crepe)，吃法与美式薄饼雷同，只是法国人嗜甜，多半以浓稠的巧克力汁拌着水果和薄饼吃。不管哪一种吃法，薄饼都得趁热吃，一冷就变硬，口感变差。

在寒冷的季节里回味热锅里的薄饼香，总有一种温馨和甜美，还有一种丰腴与幸福。忙碌的现代人，缺乏耐心的人，不妨试着在家里煎薄饼，练功夫，保证生活里会有一段清闲悠缓的薄饼时刻，让你享受须臾的欢愉美妙。

无花果

无花果性感、颓废、浪荡、神秘而且古老，老到公元前四千年便已存在，在古希腊古罗马已是日常主食。

南欧的九月是无花果成熟的季节。紫黑色的无花果，青绿色的无花果，一个如神秘妖冶的夜里情人，一个如清甜醇美的青春少女。不论哪一种，时节到了，就得放肆地贪婪地吃，一耽搁就熟透变烂长霉，浑身疙瘩，丑陋不堪，真是非常颓废的水果。

成熟的果实，一粒粒盈满多汁，沉沉坠下，握在掌心，就想牢牢抓住，又非得轻怜蜜爱，重了要破损。无花果如琵琶或是女人背面的坐姿，底部的果蒂是一个被细柔的纤绒密密包围的小口，成熟的无花果就从那洞口不可抑制地渗出透明黏稠的汁液。拨开它，里面是柔软的紫晶带桃红的果肉，绵密的纤绒朝核心层层包裹，点点粒粒的籽浸淫在琼浆玉液里，让人忍不住要吮咂、吸食。吃在嘴里，顿时果实消融化解，与口舌抵死缠绵。

中亚和地中海区域的人们将风干的无花果从中间切缝，夹入核桃仁，真让人想入非非，也让人吃得欲罢不能。用无花果、帕玛火腿拌的洛矶色拉，不仅带来味觉的挑逗，还有感官的悸动！

蓝莓

蓝莓深紫近黑，扑着灰蓝粉末，饱满欲胀的扁圆身型，中央一个敞开的肚脐眼，里面五片细致的小花萼，像女子充满生机的乳头。里边浅绿的果肉清甜脆香带点温和柔软的酸，小颗小颗地吃它，一点点清甜馨酸满溢舌面，回味无穷。

原来，这蓝莓的味道恰似小时候乡下野地里摘采的野果味，一点点的甜和生涩的酸，就像女孩过渡到少女前的尴尬，无以言说的含蓄、矜持与腼腆。

夏天是吃蓝莓子的季节，拿它配枫浆做蓝莓薄饼，就有一种甜蜜与幸福；用它烤松饼，单调乏味的松饼里就泛溢着蓝莓香；用它做夏日布丁，艳紫桃红中多一点神秘的紫黑；往水果色拉里撒一把蓝莓，便增添一份醒胃的清甜。贪心的时候，索性做一个蓝莓派。吃它不够，还可以大把大把买回来做成蓝莓酱，涂面包，加奶酪，卷入薄饼里加优格吃。再有功夫，就烤个奶酪蛋糕，铺上一层蓝莓酱。

在伦敦住了有花园的房子后，就迫不及待买了两颗蓝莓种，蓝莓嗜酸，伦敦土壤百分之九十九属碱性，植物园里的专家告知：在地里挖两尺深的洞，埋些腐木屑再添上酸性培养土可以改善土质。我们按照专家的建议种上了蓝莓种，果真种出两棵矮矮的蓝莓树，春天到了，开着满天星一样的白花，经过六七月长长的日照，八月的果子就由绿转蓝变紫，等待成熟被采食。不幸，好吃的东西我想吃，外头早起又机灵的鸟儿更贪吃，总让它们捷足先登了。

偶尔起得早，运气好，雾气还冷冷地凝结在叶梢，摘下一颗颗饱满带露的蓝莓子，边摘忍不住边吃，摘够了一小碗，早餐与谷类一起加了牛奶，感觉就像仙子一般吃着天堂美食。

蓝莓松饼是纽约人的最爱，一杯咖啡，一个蓝莓松饼，在办公室的计算机前就可以将早餐解决，虽然一点也不健康，但起码比空着肚子好些。蓝莓薄饼就需要坐下来，拿着刀叉好好把它吃完，空盘上的浆汁还可以用指头蘸上来舔干净。这莓子也许因为小，放松饼或薄饼上加热煎烤之后就烂成一朵朵紫蓝色的小花，混合在面浆里散发着独特的幽蓝的酸甜香气，那大概就是蓝莓的奇特魅力。

苏格兰人嗜爱莓子，他们的夏日布丁都是各种莓子做成的：覆盆子（raspberry）、黑莓（blackberry）、草莓、蓝莓（blueberry)。以纯净的土司面包蘸上殷红的莓汁做底，再放进混合的莓子，饱满酣畅，色彩之浓烈就像他们在高地上的战争，鲜血洒遍浓绿的大地，那布丁带着红莓的血红，黑莓的紫黑，画家可以在那里获取颜色带来的热情与灵感。

伦敦住处附近的天然林木走道，原是旧铁道，通到山坡上的亚历山大人民宫，英国第一个为平民活动而建立的皇宫，战争期间曾是BBC电台的广播站，后来失火。自此，皇宫所在地的州郡成了全英国赋税最高的郡，因为修复的费用必须从郡民那里征收。

那铁路五十年前被废止了，开放为天然保护区，是周日步行、慢跑或骑单车的好去处。由于维护得当，那里栖息了好多鸟类，保存了很多当地的原始植物，林边开满野花，到处都是攀爬蔓延的野莓。夏日时分，莓果成熟，孩子们拿着小盒子小篮子随意摘采，带回去做早餐、做果酱，能干的妈妈将莓果做成可口美味的冰淇淋，是孩子们夏日最爱的甜点。

黑莓味道虽然浓烈，既酸又甜，但有很多细小的籽，吃起来疙疙瘩瘩，而且果树浑身带刺，生长快速，除非经过改良，一般人都不愿意种在园子里，因为担心修剪困难。我自己种过一棵，莓果爬满围墙，不时扎伤手指，尝尽苦头。

酪梨

酪梨（又名牛油果），是墨西哥考古里发现的原始食物，两千年前已经出现酪梨食谱，也是时下健康膳食的绝佳选择，不论是为了减低罹患心脏病的机率还是降低血糖、减轻体重。

酪梨新鲜生硬的时候生涩苦口难以下咽，买回来总要等到软化熟润才可以吃。买的时候用拇指略略压，是软的就可以吃，过软了也不好，果肉熟透了就发黑变味。生硬的酪梨放在米缸里，熟得快又均匀。

一道可以用得意来形容的酪梨色拉，是用蒜蓉、橄榄油慢炒切细的风干西红柿，加入自己喜爱的菇类，调以红酒、巴森米克醋，拌在去皮切片的酪梨（avocado）上，以些许洛矾配拌。柔软香糯的绿色酪梨在酒醋风干西红柿熬成的深红酱汁里，是极其沧桑温柔又风霜的冬日温沙粒，冷天吃起来也暖胃。

极受欢迎的派对小食酪梨酱（guacamole），也是墨西哥著名的美食，以酪梨、西红柿、洋葱，切碎拌入高山辣椒、香菜末，调以黑胡椒、盐、柠檬汁，是少有人不喜欢的蘸酱（dip），与墨西哥三角脆饼一起吃是派对最佳拍档，也可以用烙饼（tortilla）夹烤肉片、红烧肉卷起来吃。更简便而且可口的是一个酪梨加两匙美奶滋，拌吐纳鱼罐头加碎洋葱西红柿制成三明治，是极开胃的夏日美食；热天里将酪梨加鲜奶打成汁当凉汤喝，媲美木瓜牛奶；甚至，只是切开酪梨，挖出籽，滴几滴酱油都能吃出属于酪梨特有的绵密软稠和细致。

最好的厨师都能善用酪梨创造出独具风味的新式食谱。懒惰又想吃得营养、健康的现代人，菜单里一定也不能少了酪梨。

芦笋

“你用不着告诉我：一个不爱生蚝、芦笋、好酒的人具有灵魂或肠胃，这样的人天生就已经极其不快乐！”英国作家沙契（Saki, 1870—1916）说。

芦笋是人的终身挚爱，永远不会烦腻，再多都不会知足，更不可能遭受遗弃。鱼子酱吃多了会反胃，熏鲑鱼吃多了嫌腻，唯芦笋永远清新可喜，不离不弃。

自古以来，芦笋就是西方食物里的贵族，罗马人钟爱芦笋，称之为王者之食，它也是餐馆饭店最常用的菜。芦笋由来身价不俗，从来不是低贱的蔬菜，种芦笋需要来年才得收成，需要耐心地呵护与等待。

芦笋生脆清爽，风味独特，样相姣好，怎么吃都各具风味：

不论是意大利或法国式的芦笋色拉，日本式的紫菜手卷，芦笋浓汤，脆皮奶酪芦笋派，还是烤芦笋（跟烤樱桃、小西红柿、大葱一样，随意撒些橄榄油、迷迭香，慢火细烤，是让普通的食材脱胎换骨的最简单的魔法，烤蔬菜的甜味是整个蔬菜浓缩后的精华滋味，就像从花里提炼的香精一样）都各具美味。

小时候芦笋罐头是台湾的出口农产，宴会时总有加美奶滋的白芦笋冷罐头，带着腐烂的阴冷的腥甜气味，并不讨人喜欢；后来新鲜的芦笋普及，市场上的芦笋清纯秀丽，一片潇洒帅气的诗意，尤其喜欢它的英文发音，好像呼唤一个心爱的男子：爱死佩罗格斯（asparagus）。新鲜芦笋也像清纯羞涩的少女，永远给人清新愉悦的健康印象，不像高丽菜之惨淡卑微，难登大雅之堂。

普鲁斯特在《追忆似水年华》里说，吃过芦笋，连尿都是香的。根据中医药食疗之说，芦笋其实生冷，是天然的利尿剂，吃多了会频上厕所。

第一个赤脚跳现代舞的依莎多娜·邓肯，生平酷爱芦笋、鱼子酱，即使在最穷困潦倒的时候也坚持喝最好的香槟。她一生就是一则奢华的传奇，最后意外丧生于自己颈间系着的长围巾，在她飘飘然乘马车夜游的时候，长围巾卷进车轮里，意外勒死了才情洋溢的现代舞女神。

西方厨具里，除了蒸龙虾的椭圆形锅之外，蒸煮芦笋也有特制的桶装设计的深锅，其它菜就不得如此专宠。

芦笋浓汤是我居家生活的日常食谱：先在汤锅里放奶油（或橄榄油，或奶油橄榄油各半，看个人喜好与口味），加入洋葱炒香后加两大匙面粉略炒，加高汤，煮开后放入芦笋，熟软之后打成浓汤，色泽鲜绿，美不胜收，堪称餐桌上一抹盎然的绿意。喜欢奶酪的人吃时撒些帕玛森奶酪粉，遇热的奶酪融在汤里，吃进嘴里，又多一层浓郁乳香，也可以加上浓鲜奶（double cream）。这道菜也可先炒洋葱再加入马铃薯，煮至八分熟后放芦笋，可保持色泽鲜绿。

芦笋蒸透软熟（约四分钟），凉了之后铺上帕玛火腿薄片，撒些香醋酱汁，再懒的人也可以在家享受这道餐馆里常见的开胃菜。这些风干火腿称 prosciutto，最有名的乃意大利帕玛地区（Parma）所产。旅行经过帕玛，除了大吃特吃，还恨不得将一整只火腿搬回家，吃它年年月月，店里一小片一小片，薄如纸张地切下来，就只能如此一小点一小点细致地吃，永远过不足瘾。

烤芦笋令人惊艳，像烤大葱、灯笼椒、栉瓜、西红柿，以至南瓜、奶油瓜，所有的烤蔬菜都是一种转化食物口味的简单魔术。烤过的蔬菜，蒸发了水分，留下浓醇甜稠的汁液，焦化的糖分形成特殊风味，不是一般炒菜可以比拟的。

芦笋、蘑菇、朝鲜蓟与栉瓜（zucchini），在中世纪都是稀有的珍贵食物。栉瓜生吃口味质感都如茭白笋，煮熟了清甜韧脆，比其他种类的瓜口味丰厚一些，跟葫芦有点像，但比葫芦多些甜味，质地也细致些，法国南部的炖蔬菜就少不了它。有时懒惰，将栉瓜切成半公分厚的长片，撒些胡椒盐、橄榄油、奶酪粉，中火炙烤几分钟，烤好后的栉瓜一层金黄香酥的表皮，里边脆韧多汁，简单可口得令人意外。

第十六章　以鱼之名

鱼与婚姻

J 的晚餐在高屋顶的爱德华式厅堂里，天花板垂下低低的水晶吊灯，紫红色的檀木圆桌中心是卷着醍鱼的，由橄榄和茴香腌过的小酸瓜，壁炉前是慵懒的安哥拉猫，长窗外是伦敦初冬带雾的花园。

他们天使一样的女儿已经被保姆带上了楼，晚餐的气氛因而不受孩子的干扰，主人白色上衣的荷叶袖口与亚佛·帕特（Avor Part）的音乐一样飘逸。已经过了八点，我们继续喝着饭前酒，吃着开胃小菜。

那晚的主菜是安康鱼（monk fish），肉质韧劲味道鲜美，介于龙虾肉与鸡肉之间，质感有点像蛙腿，鱼不鱼，肉不肉。有些人因为安康鱼长相怪异，头大尾小有脊椎骨，还生着两撇胡须而不敢吃它；我不以貌取人，也不以貌取鱼，爱吃安康鱼。牙尖咬安康鱼的那种刺激，让人非常兴奋。越咬越起劲，越起劲越激动，如同与一个男子接吻。吻着不够，还想咬、想吃，如果那鱼真是一个可喜可爱的性感男子，大概也就发了癫，咬下了对方的耳朵或什么。

但是，到底只是一块鱼，便也就咬着咬着，贪婪地吞咽着，下了肚固然满足，但总是意犹未尽。安康鱼比较精致，少有人大块大块吃，所以，多半总是吃到合理而适量的袖珍分量。

那晚的鱼是去皮去骨的鱼块抹了海盐、胡椒，烧烤之后淋上白酒、奶酪、芥末调成的法式浓汁，配小马铃薯与烤栉瓜。

那一餐是这样的细致，男主人也是这样的气质，一种贵而不贪婪的稀有物种：诗人，多情而且多才，办诗社，出版诗集，热爱中国文学，往来中国文人，结了三次婚，每次跟女人不顾一切地生下美丽如天使的孩子，离开的时候像纪念品一样把孩子留给女人，然后再将有限的收入作为赡养费；一个妻子还可以，两个就有点吃力，三个绝对是生命不可承受之重；但爱情价比天高，诗人一再爱上更年轻的仰慕诗人、热爱诗歌的女子，诗人不可避免地再陷入热恋，再陷入昏（婚）姻。

当他再一次搬离那个华丽高雅的、爱德华式的有着水晶吊灯的长窗与花园的房子时，我的女友H，诗人离弃的第三任妻子，伦敦知名大学里的热门系主任，美丽干练、气质超凡的女子，带着两个天使一样的女儿，一个人扛起离婚的挫折、养家的责任，继续生活，E-mail里简单两行字述说他们十年的婚姻：

我和乔已分开，孩子归我，他迁出。我的地址电话照旧，请保持联络。

无泪，无恨，无爱亦无言的大痛大悲，干枯与麻木。

我总记得那晚的烛光，那晚的酒，那晚的诗，邻座那位长发黑衣的保加利亚诗人女子，她的胸和乳，以及晚餐的优雅。

那十年婚姻的结局干脆决绝，像首短而悲伤的诗，也像那道精致考究需要细细品味的鱼。生命里的美好时刻都是那么短暂而匆促，人的情感如此善变而不定，不禁令人遐想：如果那晚随便吃鱼，是否婚姻可以持久？因为平凡而普通，容易安身？

这当然是谬论，姑且听之。诗人之做为丈夫的缺点，恰恰是他不可忍受常态与凡俗。

想起在香港初识J，一起和几个朋友在湾仔一家菜里不放味精的“蒸炖客栈”吃晚餐，有一道清蒸老鼠斑，已经没人再眷顾的鱼头、鱼肚，我和H两个人继续拣着鳃里的肉碎，肚边的嫩肉，津津有味地吃着，吸吮鱼眼、鱼腮，把一条鱼吃剩一排整洁干净的脊椎与头骨如动物标本，没剩一点多余的肉屑。吃到剩下两片鱼唇的时候，彼此抬头互望了一眼，会心一笑，默契就在那一刹那滋生！

日后，我们一起吃鱼吮鳃，吃冰淇淋舔嘴唇，吃巧克力舔手指……那契合的感觉一直延续到多年后的今天。每次见面，谈论话题都有共吃鱼头的亲密，犹如相互的感情基础是建立在彼此吃鱼的方式与态度上，即使到现在依然无所不谈，好像这一辈子没有什么事情不能坐下来像吃一条鱼那样，彻彻底底细细腻腻地说个透底。

依照这种逻辑去推算张爱玲与胡兰成的婚姻，肯定是没有好结局的了，所谓“夫妻夫妻，吃饭穿衣”，张爱玲喜欢洋派肉食，甚至想过去卖肉的铺子打工，没事和胡兰城逛到市场去看看肉贩，居然也心满意足。她又酷嗜西式奶油甜点，与胡兰成的乡土口味自是难以搭调。婚，虽然未必是这样离的，生活却有这样的琐碎，人世还需有牵系的情缘，与共守的坚贞。

辛妮的厨房

纽约的辛妮家有一些面具，是爪哇岛上的土著在节庆或葬礼中用来驱魔用的，样子都丑陋，看起来也吓人，而且很逼真，胡子、头发、眉毛都像真的，眼珠子圆溜溜的就要掉下来的样子。有些是红脸，有些是黑脸，还有些张牙咧嘴非常猖狂，有些和蛇缠绕在一起，有些是骷髅。她说她喜欢这些东西。

辛妮的家有大阳台、天窗、长沙发，按摩浴缸，什么都舒服，但有几件事不寻常。书桌前的那把椅子非常难坐，是给驼背的人用的，椅背在需要支柱的地方凹了进去，不需要的部位凸了出来，让人坐立难安，腰酸背痛，能坐上十分钟便是有很高的能耐。

她天天喝咖啡，但咖啡壶极其小，每一次只能烧出袖珍的一小杯润润嘴角的咖啡。她有一个大而宽敞的现代化厨房，什么烤箱、微波炉、洗碗机样样齐全，却有一个极小的冰箱，只够放几瓶饮料、一点果蔬，冷冻库只能做点冰块，大盒的冰淇淋也放不下。朋友们都不明白她这么能干，职位这么高，为什么生活里有这么特殊的习性，令人不解。

我自作聪明地以为：不舒服的椅子是避免自己坐太久上了工作瘾，她整天在办公室里已经坐够，回家应该离书桌与计算机远些，一把不舒服的椅子会达到那种效果；咖啡壶很小，因为喝太多咖啡不好，所以，每次只能泡一小杯，避免一大壶喝过了量，何况，好咖啡值得慢慢品尝；冰箱很小，不用自己推着购物车进去超级市场大量采购；没有冷冻库，不必吃冷冻的冰淇淋或肉类，也不会储存太多食物，每一次到那些韩国店或健康食品店买新鲜的没有农药和化学剂的果蔬，现买现吃，冰箱主要是为了伫存乳类制品。

辛妮的厨房也没有碗，不能盛米饭、不能喝汤。我问她早餐吃加牛奶的谷麦类（cereal）是怎么吃的？她说她把 cereal 倒在盘子让他们散成一盘，然后用中国筷子夹着吃，牛奶放在玻璃杯里，边吃 cereal 边喝牛奶，就像中国人喝米酒吃花生一样。

她当然是开玩笑的，真正的原因是：许多年来，因为忙碌，已经很久没时间在家吃早餐，她在开晨会的时候吃个贝果或是牛角包，或者走路去地铁的时候吃个苹果或香蕉。

辛妮家的植物都死光了。有一包 1987 年从伦敦搬到纽约时带来的面粉，里边生出很多咖啡色的小虫子，虫子们活过一段时间后都死光了，新的虫子吃着死虫的尸体继续活着，那白色的面粉袋里都是几代虫子的尸体，它们埋身在那里，传宗接代在那里。

她一天到晚忙的都是工作，吃买回来或打电话送到家的食物，或者和朋友在外面吃，生活里交往的也都是职位相当的高收入者，但是就是很久都找不到一个知心人。

有人说：像她那么能干的女人，最难的就是找一个和她匹配的男人。在很多方面，现代男人保守而胆小，喜欢观望，不喜欢参与也不轻易冒险，便使女人显得激进而无援。

私下问了辛妮，喜欢怎样的男人？她说：生活必须有辣椒，并不一定要有男人！如果真要找男人，她只想要一个能带她远离城市，去爬山冒险的伴侣！

辛妮喝辣的伏特加，吃辣椒酱，喜欢热辣辣的生活，会说瑞典语、爪哇语、西班牙语，还想学俄语。辣椒和语言与天份无关，与语文和食物无关，她的兴趣跟现实也无关，她不在乎冰箱里没有食物，只要生活里有充足的辣椒。

也许，在她的生活里，男人曾经也有时效与功能，只不过，糊里糊涂地就都过了期，想用的时候都已经变质而且变味了。

被辛妮荒废了的厨房，以及爱情。

想起过去一个关系短暂的恋人，家里有个冰箱，打开的时候里边空空荡荡亮着一盏小灯，一尘不染四大皆空，看起来不像冰箱，白白的，冷冷的，很像医院或实验室的某种设施。

我买了一个哈密瓜，一盒脱脂奶酪（cottage cheese），早晨打开冰箱，好像看到一个冷藏的秋月，淡绿色的，在一小片白濛濛的雾气中。拿瓜出来切开，去籽，放入奶酪，拿调羹挖着吃。怎么都觉得冷清。

如今回想，那一段感情也如此，无论如何热络不起来，假若那冰箱里满载食物，事情的发展就会活色生香？

他们共同热爱的饺子

此事关系一对含蓄而体贴的男女。

第一次约会，男子问女子：想吃什么晚餐？因为客气，而且替对方设想，女子回问了男子：那你想吃什么晚餐呢？

两个人体贴来，体贴去，怎么也做不了决定。最后，男子提到百老汇大道上新开的一家饺子馆欧里（Ollie），有师傅在玻璃窗前现场做绿色的菠菜饺子，还有清蒸蔬菜，看起来非常健康美味。

于是，他们决定去吃饺子！

那之后，男子受邀到女子住处共进晚餐。为了给他一顿特别的饭菜，女子费了整晚工夫研究菜单，左想右想，最后觉得像他那样的人，必定经常在外面应酬吃大餐，不如就做点地道中国菜，于是很自然地想到饺子，以为对一个西方人而言，饺子是比较特殊的食物。于是，专程搭了地铁去中国城，买回来绞肉、韭菜、饺子皮，很用心地包了饺子。

第三次见面，看完了电影，两个人都饿，讨论要吃什么菜，男子以为女方专门给他做了饺子晚餐，想必是个热爱饺子的人了，而女方以为：第一次见面，他决定吃饺子，肯定是个喜欢吃饺子的人！结果，他们共同决定再去吃饺子！

双方的关系并没有如期热烈展开，但也没有确切断绝，每隔些时日，总也彼此问候，见面吃饭，说来说去，总也终结在饺子餐饭。

这样，过了十二个年头，男子要离开纽约去巴黎工作，两人约会见面道别，很慎重地又讨论起晚餐。到了这个地步，女子才终于坦白地说：Darling，我并不是这么热爱饺子！只是为你设想，陪你吃饺子，做你欢喜的事！

天呀！早不说，我也是为了你吃了十二年饺子！

原来，彼此都私下抱怨对方单调乏味，光只会吃饺子，不禁担心：万一将来在一起生活，岂不是要吃一辈子饺子？

总之，最后那一餐，两人还是决定去吃饺子！为了纪念彼此一场阴错阳差的饺子缘！

虽然互相体贴，但缺少一点默契，或说，欠缺一种情缘。两个人相识如此长久，分分合合，就是没有遇到爱神的眷顾垂青，绕了一个大圈子，老去一个轮回的青春时日，沧海桑田，还是分道扬镳。

那女子正是当年的我。

那之后的日子里，再有人请我吃饺子，我便直言：饺子可以吃，但最多吃六个。

一锅馨香

最近吃了道可疑的广东菜，热腾腾飘出花香四溢，有如走进香熏水疗。是道鱼，去骨切片和栗子、香菇、椰菜、腐竹煲在一起，香味扑鼻，很有玄机，不知道这做鱼的安什么心让鱼这样浑身妖魅？心里有些纳闷，鱼的味道都闻不出来了，真像一个身份暧昧的神秘女子，妖冶浪荡，让人难以安心享用，但又有点艳遇当前的诱惑兼好奇！

拿筷子夹一口放进嘴里，说不出的奇异滋味，并不感觉吃的是食物，而是像亲了妙龄女子，沾了满嘴廉价脂粉味，饥馋得想望又不得满足，沾染的香气也不伦不类，既不相干又不匹配。

然而邻近左右人家桌上几乎都有一瓦煲一样的菜色，也都吃得津津有味。就知道自己是不入门又不上道的门外汉，糟蹋了人家纯粹地道的美食，汗颜在香港久居，怎么也没习惯那些煲仔菜式。广东菜，动不动就有咸鱼、虾酱、豆豉，都是老远在风里就要呛进你的鼻子里的异香。嗜食者，胃里骚动，唾液直吞；不习惯的人掩鼻绕道，像是遇见了腐臭异物。

最喜欢的还是简单纯粹的清蒸活鱼、贝类，吃的是鱼贝的本色原味和厨师的火候功夫，鱼的大小也至关紧要，全鱼以十二两最合适，大火猛蒸十五分钟，上桌的鱼飞着鱼鳍，咧着大嘴，活生生一点没有死相。只有死鱼蒸出来是平静呆板无神无气的一脸肃静。其他，香茅、莱姆、茴香入鱼也是在蛋白质的鲜美中，相与匹配而又不喧宾夺主的绝佳配料。

罐头里的小醍鱼一条条安分得体地并列在浸满橄榄油的方盒子里，闻到的鱼香交融着橄榄油的清润，拌色拉、烤比萨或做意大利面都提味而且方便食用，用量也不多。熏鱼偶尔也吃，用软酪拌熏鱼吃贝果（bagel），犹太人的传统吃法，别有韵味。

口味是非常个人的事，文化、习性、环境、气候、体质、人生观、生活态度、经济状况，无一不牵连到饮食肠胃。鱼香不吃，鱼臭也不吃，实在是自己毫无理性的挑剔，委屈了食物与众不同的特色和风味，损失的还是自己。

做面包的男子

香港有很多好东西，但是，也有一个很坏的东西，而且到处都是。

说的是捞面。那种和橡皮筋很接近的，不韧不滑，干燥又乏味，泡在发黄的碱水里，加了味精和色素，吃了舌头就失去正常味觉的面条，是如此地难以消受。也不是责怪那面条，喜爱的人一定很多，吃的人也非常普遍。我只是习惯现做的，富弹性有嚼劲，吃到嘴里满嘴面香的面条，像日本荞麦面、意大利面或上海面。

这里的馄饨是发黄的，所有带着腊花色的东西都说是加了鸡蛋，吃起来却是碱味，煮出来的水也是泛黄的。

好面包也跟好男人一样不好找，面包房里即使有新鲜面包，也都照顾懒人的口味，烤得松松软软、绵绵细细的，少有结实厚重粗犷豪迈的全麦面包。有些虽称是全麦，多半是白面粉里加点麦麸，稀稀疏疏散布着褐色粒状物而已，还是松软无物，既没有咬劲，更难有麦香。而我总也寻寻觅觅，企图寻找那种结实紧密，拿在手里沉甸甸的地道面包，就像寻找一个忠实可信的男子一般。

有幸遇见一个会做天然发酵面包的男子 A，他在纽约中央公园西边有个家，老老的厨房，窗台上种着天竹葵。A 用面粉、橄榄油、蜂蜜、葵花籽加入面种，和了面团盖上湿布，放在暖气边，一边说话，一边面团就发酵起来。不知不觉，烤箱里就也溢出面包香。

这样一个宜室宜家的好男子，本来应该留在身边谈一场恋爱。不幸发生伊拉克战争，A 被报社派去伊拉克做战地记者，不巧表现又特别优秀，以致后来不论世界哪里发生灾难，往往就指派他去采访。

A 的生活终难回到做面包、种香菜的居家平常。那之后，他辞职、换工作、搬家，浪游巴尔干半岛，写书。成为作家之后，才又开始回到厨房做一点过去他所擅长也享受的事。

生活在哪里？辛苦一生汲汲忙忙，所谓何来？大概就是可以这样悠闲自在地在家里烤面包，开一瓶好酒，约三两知心朋友温温热热聚在一起，随意吃着手边掰着的热面包，享受一屋子的谈笑与厨房弥漫的菜香。

法国美食家布莱·沙威林（Brillat Savarin）临死前最后一句话是：时候到了，快，快把我的点心、咖啡、酒端来。

亲爱的R：

生活乱到一种无法清理的地步，没什么新鲜可口的情绪。

天气忽然就冷了，满地落叶，秋意正浓。为了避免发胖，我尽量不吃甜点，禁食的结果，变得更馋，忍不住又去买了做水果甜点的彩色烹饪书，变本加厉地吃。但起码水果比奶油、鸡蛋、糖来得清淡些，新近以蜂蜜、玉桂、豆蔻加酒炖梨，炖好的梨剔透玲珑，吃得迷醉，余香绕梁三日，美妙至极。生活其他无甚新鲜，昨晚去了一个都是文人、画家的聚会，主人是个变卖中国古董的台湾女子，客厅里齐白石的画用胶布贴在龟裂的玻璃镜框里，有诗人说话如演讲，食物多如夜市摊贩，人多吵杂，小留片刻就告别。

回家泡了夏天院里摘采的马鞭草（verbena），清凉淡雅似薄荷，不过一小棵，茂盛异常，摘集了晒干装罐。从巴黎来的贝亚，一喝就欢喜，说她从小喝着马鞭草茶长大，它在法国，就像乌龙茶在中国台湾。所以，意外过了一个马鞭草茶季节！

在厨房做晚餐，觉得自己活到这年纪很幸运，可以随心所欲把玩自己爱吃的食物，随时满足自己的肠胃。如此大言不惭，实际是企图安慰自己的胸无大志、一事无成。

有个大厨师告诉弟子说，有两件事是一生里必须做的：

写一本食谱，种一棵橄榄树。

我既没写下任何食谱，也未曾种过橄榄树，幸好，也没立志要当厨师。只是遗憾对食物不时有想望，写作却如此缺乏热情。

做晚餐的时候，正巧想到诗这件事，而之所以想到诗，又是因为音乐的缘故。最近买了好多新的黑胶唱片，所有美好事物让人热血澎湃，觉得生命太美妙，但又没有言语说出心里的激荡与美感，只有眩然欲泣。

上帝已经给我很多，比如，总让自己享受食物、享受生活、享受人间色相，甚至只是简单的睡眠都可以又深又甜，便无法再梦想写诗，诗性都被浅薄的感官欲望消耗了，自己只能在厨事上寻找一点安慰，让食物安抚我无诗的灵魂。

生活如我所愿，

小小的朴素的欲望，

食物、阳光、健康，

好男好女，

以及简单的快乐。

图书在版编目（CIP）数据

食之味 / 黄宝莲著. — 南京：江苏凤凰文艺出版社，2018.9
ISBN 978-7-5594-2275-0

Ⅰ. ①食… Ⅱ. ①黄… Ⅲ. ①散文集–中国–当代
Ⅳ. ① I267

中国版本图书馆 CIP 数据核字（2018）第 123643 号

书　　名	食之味
著　　者	黄宝莲
责任编辑	张　黎　万馥蕾
出版发行	江苏凤凰文艺出版社
出版社地址	南京市中央路 165 号，邮编：210009
出版社网址	http：//www.jswenyi.com
印　　刷	三河市华东印刷有限公司
开　　本	880 × 1230 毫米　1/32
印　　张	8
字　　数	130 千字
版　　次	2018 年 9 月第 1 版　　2020 年 1 月第 2 次印刷
标准书号	ISBN 978-7-5594-2275-0
定　　价	42.00 元